David Hollenstein
Salome Perreten

PFERDEHOF KLOSTERBERG

Rätselhafte Vorfälle

Adonia

www.adonia.ch

Lektorat: Adonia Verlag
Satz: David Hollenstein
Coverbilder: istockphoto.com/horsemen

ISBN 978-3-03783-080-2

David Hollenstein
David Hollenstein (1979) ist verheiratet und hat vier Kinder. Er studierte praktische Theologie und ist der Autor von vielen Hörspielen in Schweizerdeutsch. Seine erste Jugendkrimi-Serie «Jan & Co.» ist bei vielen Kindern beliebt. Er schrieb auch Ratgeber für Erwachsene.

Salome Perreten
Seit Teenagerjahren ist die 1989 geborene Bernerin Salome Perreten begeisterte Leserin und Reiterin. Inspiriert von den vielen Storys schrieb sie an eigenen Geschichten, mit dem Wunsch diese auch herauszugeben. Das vorliegende Buch ist das erste veröffentlichte Buch, bei dem sie als Co-Autorin mitwirkte.

Inhalt

Kloster mit Pferdehof

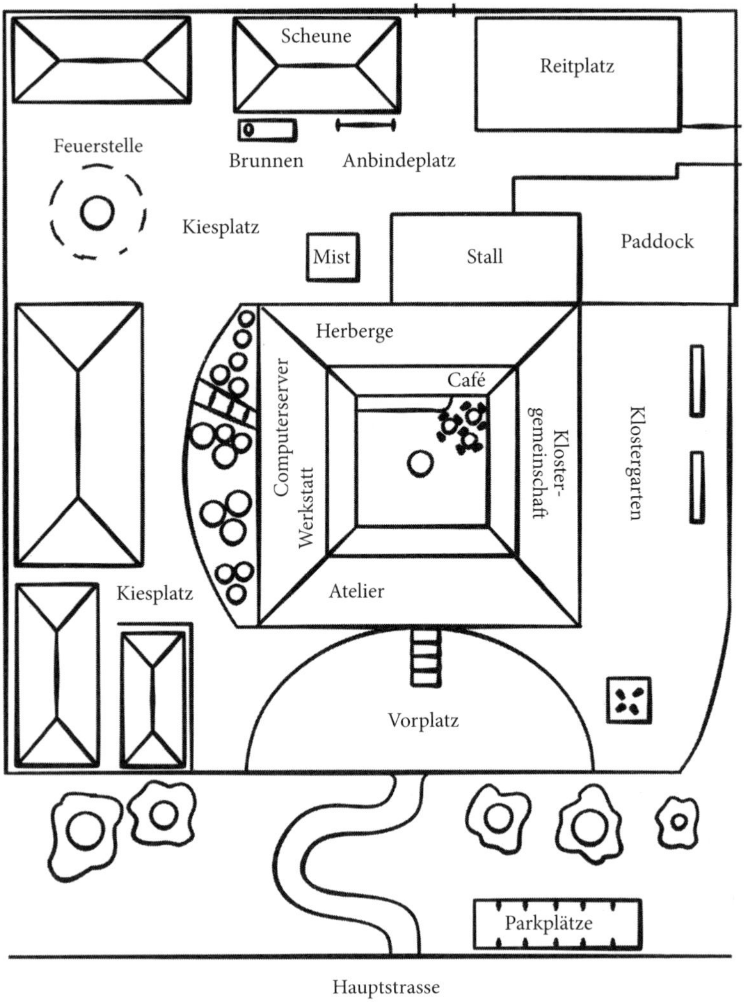

Freitagmorgen

Ein Ausritt mit Folgen

Ingrid schob ihren Fuß in den Steigbügel und zog sich mit einem Ruck auf den Rücken des schwarzen Wallachs hinauf. Sie tätschelte sanft den Hals ihres Pferdes. «Schöner könnte dieser Morgen nicht sein. Bist du bereit, Tornado?»

Zur Antwort schnaubte das Pferd und scharrte ungeduldig mit dem linken Vorderbein.

Ingrid Bachtelmann führte den Pferdehof Klosterberg, der in den ehemaligen Stallungen eines Klosters eingemietet war, und hatte schon unzähligen Pferdenarren das Reiten beigebracht. Aber am liebsten ritt sie immer noch selbst.

Das große Pferd stand mit einer majestätischen Haltung auf dem Kiesplatz, um den der Pferdehof angeordnet war.

Ingrid lachte und gab dem Pferd das Kommando zum Loslaufen.

Das Klappern der Hufe hallte durch die Stille, als sie durch den Hinterausgang des Klosters bis zur Straße ritt. Da weit und breit kein Auto zu sehen war, überquerte sie die Straße, ohne anzuhalten.

Die Sonne schien am wolkenlosen Himmel und die Vögel zwitscherten fröhlich.

Ingrids Blick schweifte über die Felder, während sie zufrieden die frische Luft des Sommermorgens einatmete. Es gab nichts Schöneres, als hoch zu Ross durch Feld und Wald zu reiten.

Nach einer kurzen Aufwärmphase im Schritt drückte sie ihre Unterschenkel leicht gegen den Pferdebauch und trieb Tornado zum Traben an.

Das dunkle Pferd mit dem ausgeprägten Vorwärtsdrang schnaubte und warf den Kopf in die Höhe. Er war anscheinend auch der Meinung, dass es langsam an der Zeit war, schneller zu gehen.

Ingrid hielt den Wallach an kurzen Zügeln, damit sie den gleichmäßigen Trabrhythmus halten konnte.

Der Waldrand kam immer näher auf die beiden zu. Plötzlich entdeckte die aufmerksame Reiterin ein Reh mit ihrem Jungen.

Das Muttertier unterbrach das Fressen auf der Blumenwiese und schaute misstrauisch in ihre Richtung. Dann bog es seinen Kopf wieder zum Boden hin und fraß weiter.

Ingrid freute sich, dass die beiden nicht davon rannten. So konnte sie das niedliche Rehkitz beim Vorbeireiten ungehindert beobachten.

Nach einer längeren Strecke, abwechselnd im Trab und Schritt, kamen sie zu ihrer Lieblingsgaloppstrecke. Der Boden war trocken, eben und grasbewachsen – perfekt zum Galoppieren.

Tornado kannte die Stelle gut.

Ingrid spürte, wie er ungeduldig wurde. Nach einer kurzen Weile langsamen Galopps gab sie ihm freie Zügel.

Das ließ er sich nicht zweimal sagen und galoppierte los.

Ingrid beugte sich im Sattel nach vorn und genoss die schwungvollen Bewegungen des Galopps.

Die schwarze Mähne des Pferdes flatterte im Wind, während die Umgebung an ihnen vorbei flitzte.

Plötzlich stolperte Tornado. Er verlor das Gleichgewicht, stürzte zu Boden und überschlug sich.

Ingrid wurde hart auf den Boden geschleudert.

Der Sturz passierte so schnell und heftig, dass sie kurz einen stechenden Schmerz in Arm und Bein spürte, bevor es ihr schwarz vor Augen wurde.

Langsam kam Ingrid wieder zu sich. Aber sie wünschte sich sofort wieder in die Bewusstlosigkeit zurück. Die Schmerzen waren unerträglich. Wahrscheinlich hatte sie sich etwas gebrochen.

Oh, bitte nicht!

Sie biss die Zähne aufeinander und hob den Kopf.

Wo war nur Tornado? Hoffentlich war er nicht verletzt.

Er war nirgends zu sehen.

Wie lange lag sie schon hier? Ingrid versuchte sich aufzurappeln. Aber sie ließ sich schnell wieder auf den Boden fallen; die Schmerzen waren zu heftig.

Verzweifelt sandte sie ein Stoßgebet zum Himmel.

Um sie herum war es still. Wie lange würde es dauern, bis sie von jemandem gefunden würde?

Sie bereute es, dass sie ihr Handy zuhause gelassen hatte. In den Reiterhosen war das klobige Teil nicht bequem.

«Hilfe!»

Zu ihrer Erleichterung sah sie einen Spaziergänger auf sich zu kommen. Was der wohl werktags so früh im Wald machte? Und warum kam er aus dem Dickicht anstatt über den Weg?

Schnell rief Ingrid um Hilfe.

Der junge Mann mit der braunen Wildlederjacke beschleunigte seine Schritte und erreichte sie bald. «Sind Sie verletzt?»

«Mein Pferd ist gestürzt und ich habe mir wohl ein Bein und einen Arm gebrochen. Ich wäre froh, wenn Sie einen Krankenwagen rufen könnten.»

Der Mann nickte und wählte die Notrufnummer. Er hatte einige Mühe der Telefonistin zu erklären, wo der Krankenwagen hinfahren musste, da die Waldwege keine Namen hatten. «Kann ich sonst noch etwas für Sie tun?», fragte er, nachdem er das Telefongespräch beendet hatte.

«Mein Pferd irrt irgendwo verletzt umher. Können Sie mit großen Tieren umgehen?»

Der Mann schaute unsicher zu Ingrid.

«Meine Nichte könnte helfen. Ramona wohnt im Dorf unten und sie kennt meine Pferde gut», stöhnte sie, «darf ich Ihr Handy benutzen?»

Er überreichte es ihr, ohne ein Wort zu sagen.

Da Ramona gerade ohne Arbeitsstelle war, erreichte Ingrid sie zu Hause. Sie versprach Tornado sofort suchen zu gehen.

Ingrid wand sich vor Schmerzen. Es kam ihr alles so unwirklich vor. Tornado war doch ein äußerst trittsicheres Pferd. Sie waren an dieser Stelle schon hunderte Male galoppiert und ein Hindernis war keines auf dem

Weg. Irgendetwas war an diesem Sturz merkwürdig.

Nach einiger Zeit hörten sie von Weitem das Horn des Krankenwagens.

Die junge Frau mit den hellbraunen Haaren, die ihr lässig ins Gesicht fielen, schnappte sich den Autoschlüssel und verließ eilend das Haus.

Warum musste dieser Unfall jetzt passieren? Sie hatte heute Vormittag noch einen Termin für ein Bewerbungsgespräch. Hoffentlich fand sie das Pferd schnell, damit sie rechtzeitig in die Stadt zurückfahren konnte. Sie brauchte diese Arbeitsstelle unbedingt.

Vor dem Haus stieg Ramona in ihr rotes Auto und fuhr eilig los.

Hoffentlich war mit Tornado alles in Ordnung!

Ramona wusste, dass er Ingrids Lieblingspferd war. Zum Glück kannte sie die Straße zum Kloster gut, so konnte sie die erlaubte Höchstgeschwindigkeit bis ans Limit ausreizen.

Mitten auf dem Vorplatz des Pferdehofs ließ sie ihren Wagen stehen und rannte als Erstes zum Paddock. Dieser umzäunte Auslauf schloss sich direkt an den Stall an, sodass sich die Pferde zwischen Stall und Paddock frei bewegen konnten.

Acht Pferde blickten sie erwartungsvoll an und ein paar neugierige streckten den Kopf über den weißen Zaun.

«Sorry, meine Lieben. Um euch kann ich mich jetzt nicht kümmern.» Ramona ließ ihren Blick über den Zaun schweifen. Sie hatte erwartet, dass sie Tornado außerhalb des Paddocks auffinden würde. Pferde waren normalerweise gern möglichst nah bei ihren Artgenossen.

Ramona blickte sich um. Die Stallungen befanden sich im hinteren Teil der Klosteranlage. Zum Pferdehof gehörten, nebst den Stallungen und dem Paddock, ein Reitplatz, zwei Nebengebäude und außerhalb der Klosteranlage mehrere Weiden. Hier fand sie Tornado nirgends.

Den Rest der Klosteranlage ließ sie links liegen. Eine Kette versperrte den Durchgang, sodass er sich kaum in den Klostergarten oder sogar in den Innenhof verirrt hätte.

Eilends stieg Ramona wieder in das kleine rote Auto und fuhr durch das Tor, um auf den Weiden außerhalb der Klostermauer nach dem Pferd zu suchen. Ihre Tante ritt normalerweise auf diesem Weg, wenn sie auf einem Ausritt zu dem Feldweg gelangen wollte. Eigentlich müsste Tornado ihr hier entgegenkommen. Oder war er so schwer verletzt, dass er irgendwo liegen geblieben war?

Ramona verzog ihr Gesicht. «Tornado, wo bist du?!»

Um die Umgebung besser wahrnehmen zu können, kurbelte sie die Fensterscheibe hinunter. Außer dem Surren des Benzinmotors hörte sie nichts.

Nachdem sie die Landstraße überquert hatte, fuhr sie langsam den Feldweg entlang.

«Da bist du ja!», rief Ramona mit einem Jubelschrei aus.

Tornado stand weiter vorn auf der Wiese und fraß genüsslich.

Die junge Frau stellte das Auto am Wegrand ab und näherte sich langsam dem Pferd.

Tornado hob den Kopf und schaute sie kauend an.

Soweit alles in Ordnung, puh!

Als sie nur noch einen Meter von ihm entfernt war, schnaubte er eigenwillig und drehte ihr frech den Hintern zu.

Sie trat hastig einen Schritt zurück, um aus der Gefahrenzone der Hufe zu kommen. «Wie konnte ich das vergessen?», redete Ramona sanft auf Tornado ein. «Wenn es ums Fressen geht, bist du ja besonders stur.» Sie blickte sich um. Da sie keine Zeit für Spielchen hatte, lief sie zum Auto zurück und nahm ein paar Pferdeleckerlis aus dem Handschuhfach. Sie hatte es sich zur Gewohnheit gemacht, diese kleinen Belohnungen immer dabei zu haben. Sie ging sparsam mit ihnen um, damit die Pferde nicht verwöhnt wurden.

Mit ausgestreckter Hand stellte sie sich ein paar Schritte vor Tornado hin und lockte ihn mit ihrer Stimme heran. Diesem Würfel aus Getreide und Äpfel konnte das Pferd normalerweise nicht widerstehen. Es könnte auch heute klappen.

Tornado beäugte sie skeptisch. Aber als er das Leckerli auf ihrer Hand entdeckte, kam er zögernd einen Schritt näher.

Als Tornado einen zweiten Schritt machte, grinste Ramona schelmisch.

Rasch ergriff sie die Zügel, als er das Leckerli mit den Lippen schnappte. Sie tätschelte seinen Hals und suchte zuerst seine Beine und dann den ganzen Körper nach Verletzungen ab. Außer einer kleinen Schürfung am rechten Vorderbein konnte sie Gott sei Dank nichts feststellen.

Mit einem Ruck hatte er seinen Kopf wieder am Boden und graste weiter.

Ramona hatte zu Fuß keine Chance ihren Willen gegen das starke Tier durchzusetzen. Deshalb stieg sie kurzerhand in den Sattel. Von oben konnte sie ihm viel einfacher Kommandos erteilen.

Mit den Unterschenkeln trieb sie ihn an. Nun setzte er sich widerwillig in Bewegung.

Sie ritt an ihrem Auto vorbei zurück zum Kloster.

Es dauerte eine Weile, bis sie ihn abgesattelt und trocken gestriegelt hatte. Als er fertig bei den anderen Pferden im Paddock stand, holte sie ihr Auto vom Feldweg und wählte die Straße nach Hause. Sie musste sich beeilen, um noch rechtzeitig beim Vorstellungsgespräch erscheinen zu können.

Ramona hatte vor einem Jahr eine Lehre zur kaufmännischen Angestellten beendet und hatte nun ein Jahr auf einer Pferdefarm in Kanada verbracht. Die Suche nach einer passenden Stelle hatte sich bis jetzt schwieriger herausgestellt, als sie gehofft hatte.

Im Pferdeshop

«Juhu! Ich freu mich so auf die Ferien auf dem Pferdehof! Lina, stell dir vor: Wir können die ganze Zeit mit den Pferden zusammen sein!» Amelia zappelte voller Vorfreude auf dem Rücksitz des Familienautos herum.

Ihre ältere Schwester Lina saß vorn auf dem Beifahrersitz. «Ich denke nicht, dass wir die ganze Zeit bei den Pferden sein dürfen. Auf dem Pferdehof Klosterberg gibt es bestimmt noch andere Dinge zu tun. Aber im Vergleich zum Alltag ...», sie lächelte verschmitzt.

Ihre Schwester nickte eifrig. «Ja, das wird so toll! Ich kann es kaum erwarten.»

Einen kurzen Moment herrschte Stille im Auto.

Frau Hoffmann konnte sich nicht zusammenreimen, wie ihre beiden Töchter zu solchen Pferdenarren werden konnten. Weder sie noch ihr Mann hatten einen Bezug zu Pferden. Wie war sie froh, dass sie die Ausschreibung des Reitcamps zwischen all den anderen Werbedrucksachen nicht übersehen hatte. Die beiden Mädchen dort anzumelden, war *die* Lösung gewesen, um das unaufhörliche Betteln nach mehr Kontakt zu Pferden vorübergehend eindämmen zu können.

«Mama, brauch ich wirklich keine neuen Reitstiefel?»

«Nein, Amelia, die alten müssen diesen Sommer noch halten. Wenn sie dir im nächsten Frühling nicht mehr passen, können wir immer noch neue kaufen.»

«Aber ich möchte mir auch etwas kaufen! Es ist unfair, dass sich Lina einen neuen Reithelm aussuchen darf.»

Frau Hoffmann bog auf den Parkplatz des Pferdeshops ein.

Amelia sprang sofort aus dem Auto und rannte zum Eingang, neben dem in Schaufenstern riesige Pferdeposter angebracht und unzählige Pferdeartikel ausgestellt waren.

Lina folgte ihr dicht auf den Fersen.

Als die beiden eintraten, schlug ihnen der typische Ledergeruch der Reitartikel entgegen. Oh, wie sie das liebten!

Amelia und Lina wussten gar nicht, was sie sich als erstes anschauen sollten; so viele wunderbare Dinge waren in diesem Laden ausgestellt!

Lina schlenderte fasziniert an den Sätteln entlang, die auf Sattelhaltern ausgestellt waren: Dressursättel, Springsättel, Vielseitigkeitssättel und Westernsättel. Sie konnte sie alle in Gedanken zuordnen. Bisher war sie auf dem Vielseitigkeitssattel geritten, weil er so praktisch war. Sie wünschte sich sehr, bald einmal mit einem Westernsattel reiten zu können – wie ein Cowgirl.

Als Lina sich umdrehte, tauchte plötzlich ein Pferd hinter ihr auf. Sie hielt erschreckt die Luft an, bevor sie laut lachen musste. Das Pferd war aus Plastik, aber ausgestattet wie ein echtes mit Sattel, Zaumzeug, Fliegenschutz und Gamaschen an den Vorderbeinen. Sie strich dem lebensgroßen Modell über die Nüstern.

«Lina, komm mal!», riss sie die Stimme ihrer Schwester aus den Träumereien.

Sie suchte Amelia zwischen den Regalen. Bei der Abteilung für Reitstiefel und Reitchaps wurde sie fündig.

Amelia streckte ihr freudig ein Paar Chaps vor die Nase. Reitchaps können anstelle von Reitstiefeln getragen werden. Das geschmeidige Leder ist so zugeschnitten, dass die Reiterin es sich um den Unterschenkel legen und mit dem seitlich angenähten Reißverschluss befestigen kann. Dazu kann sie Reitschuhe oder sonst griffige Schuhe mit einem kleinen Absatz tragen. Eine Schlaufe, die unter der Schuhsohle entlang läuft, hält das Ganze beim Reiten an Ort und Stelle. Chaps schützen genauso wie Reitstiefel die Reithosen und geben der Reiterin Halt im Sattel.

«Die sind voll im Trend! Wenn meine Reitstiefel zu klein sind, kaufe ich stattdessen diese.»

«Ich weiß nicht, ob Mama dir das erlaubt.»

«Natürlich. Die sind viel bequemer!»

Lina verdrehte die Augen. «Aber wenn du zusätzlich noch Schuhe brauchst, ist es am Ende doch teurer.»

«Sie wird ja sagen, du wirst schon sehen.»

«Zu was werde ich ja sagen?» Frau Hoffmann tauchte neben ihnen auf. Als keine der beiden antwortete, fuhr sie fort: «Ich habe einen Reithelm gesehen, der dir passen könnte.»

Lina folgte ihrer Mutter. Aber als sie das Exemplar sah, schüttelte sie energisch den Kopf. «Nein Mama, ich möchte diesmal keinen Reithelm, der wie ein Fahrradhelm aussieht.»

Frau Hoffmann ließ ihre Schultern hängen. Das Einkaufen mit ihren Töchtern war im Teenageralter schwieriger geworden.

Plötzlich zeigte Lina in die Höhe. «Ich hab ihn gefunden! Kannst du mir diesen dort herunter geben?»

Die Mutter reckte sich und drückte ihrer Tochter das schwarze Modell mit Samtüberzug in die Hand.

«Oh ja, der gefällt mir!» Lina strich fasziniert über den weichen Helm und freute sich schon, ihn im Reitcamp zu tragen. Sie setzte ihn auf den Kopf und stellte fest, dass er die richtige Größe hatte.

Nur beim Riemen musste ihre Mutter noch etwas fester anziehen, dann passte er perfekt.

Lina zeigte sich stolz Amelia.

«Der ist ja nicht einmal teurer als der andere», stellte ihre Mutter überrascht fest. «Was benötigen wir sonst noch?» Sie kramte den Infobrief des Pferdecamps aus ihrer Handtasche. «Reithelme haben wir, Reitjacken brauchen wir keine neuen und Reithandschuhe haben wir auch je zwei Paar. Die Reithosen sind auch in Ordnung ...»

Amelia zupfte die Mutter am Ärmel. «Brauchen wir für die zwei Wochen nicht mehrere Reithosen? Ich meine, wir werden bestimmt jeden Tag bei den Pferden sein.»

«Stimmt, wir wissen ja nicht, ob wir sie dort waschen können», mischte sich Lina ein, «wir brauchen mindestens drei Paar Hosen, wenn nicht sogar vier!»

«Jetzt mal langsam. Das ist übertrieben», wehrte Frau Hoffmann ab. Sie suchte auf dem Informationsschreiben nach einer Antwort auf diese Frage. Aber sie fand keine. «Ich rufe auf dem Pferdehof an. Die können mir bestimmt weiterhelfen. Da steht ja: ‹Bei Fragen einfach anrufen.›»

Aber der Anruf wurde nicht beantwortet. Und auch als Frau Hoffman es zuhause wieder versuchte, nahm niemand den Hörer ab.

Es roch nach Desinfektionsmittel, als Ramona zu ihrer Tante ins Patientenzimmer trat.

Ingrid Bachtelmann wurde hier gut versorgt. Je ein Arm und ein Bein waren fachgerecht in Schienen und Bandagen gelegt worden.

Aber nicht alle ihre Probleme konnten verarztet werden.

«Wie soll ich mit einem Arm- und Beinbruch die Pferdecamps durchführen?!»

Ramona seufzte laut. «Kannst du nicht einfach absagen?»

«Nein, weißt du, wie traurig das wäre! Denk an all die Kinder, die sich schon so auf die Pferde freuen!»

«Stimmt», pflichtete ihr Ramona bei. Sie war als Kind selber in diesen Reitcamps gewesen. «Wer hilft denn sonst noch im Camp mit? Können die das nicht allein schmeißen?»

Ingrid setzte sich im Bett auf. «Nein, das geht nicht. Schwester Mathilda vom Kloster sorgt für die Verpflegung und die Übernachtungen und Patrick beschäftigt die Kinder, wenn sie nicht bei mir und den Pferden sind. Die beiden haben leider keine große Ahnung vom Reiten oder der Pferdehaltung.»

«Was ist mit deinen Pferdepflegerinnen, Sabrina und Petra? Die kennen den Hof und die Pferde doch auch gut.»

Ingrid hob eine Augenbraue in die Höhe. «Ausgerechnet in diesem Sommer geht Petra für mehrere Wochen zu einem Schafzüchter nach Neuseeland. Und Sabrinas Temperament kennst du ja ... die Kinder würden alle am zweiten Tag verängstigt abreisen.» Ingrid ließ sich zurück aufs Kissen fallen. Es war hoffnungslos. «Es bleibt mir wohl nichts anderes übrig, als abzusagen.»

Die Luft im Patientenzimmer war dick geworden. Ramona öffnete das Fenster.

Plötzlich schaute Ingrid ihre Nichte mit langem Gesicht an.

«Was ist?», fragte Ramona stutzig.

«Du hast doch jetzt keine Arbeit ...»

Ramona schüttelte langsam den Kopf. «Nein, Tante Ingrid. Das ist keine gute Idee.»

«Du bist mittlerweile ein echter Pferdeprofi und kennst meinen Hof in- und auswendig!»

«Leider habe ich keine Zeit. Ich gehe zurzeit von einem Vorstellungsgespräch zum anderen.» Ramona zuckte entschuldigend mit den Achseln. «Ich komme gerade von einem. Und auch die wollen leider jemanden mit Erfahrung.»

«Das tut mir leid.» Ingrid schaute mit leerem Blick zum Fenster hinaus. «Patrick ist ein umgänglicher Typ. Ihr würdet euch gut verstehen.»

Ramona konnte sich ein Lachen nicht verkneifen. Sie hatte Patrick anders in Erinnerung. Sie wusste nicht, was es war, aber irgendetwas störte sie an ihm. Er sah nicht schlecht aus und trat selbstbewusst auf ... ja, vielleicht war es das. Er war wohl etwas zu arrogant.

«Ramona, dir könnte ich meine Pferde ohne Sorgen anvertrauen! Bitte, es würde mir so viel bedeuten!»

Ingrid fühlte sich schuldig, dass sie Ramona in die Ecke drängen musste. Das war sonst nicht ihre Art. Aber Ramona schien ihre letzte Chance zu sein.

Ramona war hin- und hergerissen. Einerseits reizte sie die Arbeit mit den Pferden ohne Frage und sie wollte ihre Tante und die angemeldeten Teilnehmer auch nicht im Stich lassen, aber andererseits hatte sie für nächste Woche bereits einen Termin für ein Vorstellungsgespräch abgemacht. Und sie hoffte inständig, dass es noch mehr werden würden! Auf jede Stelle bewarben sich so viele Kandidaten, dass sie nicht einfach zwei Wochen Pause machen konnte.

Ramona dachte an die vielen Reitcamps bei Ingrid zurück, an denen sie selbst teilgenommen hatte. Sie hatte dort das Reiten und den Umgang mit den Pferden gelernt. Eine kurzfristige Absage wäre damals die reinste Katastrophe gewesen. Diese Camps gehörten einfach zum Sommer dazu, wie Weihnachten zum Winter!

Ein Lächeln huschte über ihr Gesicht. Wäre es nicht super, die einzigartige Stimmung in einem solchen Camp wieder einmal zu erleben?

Ramona räusperte sich und blickte Ingrid entschlossen an. «Also gut, ich bin dabei.»

Ingrid brach in Jubel aus und dankte Ramona überschwänglich: «Wenn ich jetzt nicht ans Bett gefesselt wäre, würde ich dich vor Freude umarmen!»

Ramona lächelte. «Du musst mir ganz genau sagen, wie ich vorgehen muss!»

Ingrid gab ihr die Telefonnummer von Patrick, damit sie sich über die Aufgaben und Verantwortlichkeiten absprechen konnten.

Ramonas Vorfreude erhielt den ersten Dämpfer.

Erst jetzt wurde ihr wieder bewusst, dass sie ja mit Patrick zusammenarbeiten musste. Aber sie konnte jetzt nicht mehr zurück. Irgendwie würde die Zusammenarbeit schon klappen – sie hatten ja beide ihre separaten Aufgabengebiete. Sie würden sich hoffentlich nicht allzu oft in die Quere kommen.

Zuhause fasste sich Ramona ein Herz und rief Patrick an. Es widerstrebte ihr, aber je eher sie es hinter sich brachte, desto schneller konnte sie sich wieder angenehmeren Dingen zuwenden.

Sie setzte sich im Wohnzimmer auf das Sofa und wartete nervös, während das Handy vor sich hin tutete. Als sie hörte, dass auf der anderen Seite abgenommen wurde, verschluckte sie sich beinahe.

«Patrick», erklang eine tiefe Stimme am anderen Ende der Leitung.

Ramona versuchte, so normal wie möglich zu klingen. «Hallo, hier ist Ramona Hofer. Ich rufe wegen des Pferdecamps an.»

«Super, dass du einspringen kannst!», fiel er ihr ins Wort.

Seine Stimme klang nett. *Gut.*

Er erklärte ihr ausführlich, wie sie die Camps in den letzten Jahren durchgeführt hatten. Gleichzeitig startete er seinen Computer und schickte ihr die Zeitpläne per E-Mail zu.

Als sie aufgelegt hatten, strich sich Ramona aufgeregt eine Haarsträhne hinters Ohr. Jetzt war sie noch nervöser als vor dem Anruf. Diesmal wegen des bevorstehenden Camps. Viel Zeit zum Vorbereiten hatte sie nicht mehr und es musste noch einiges erledigt werden.

Wenigstens konnte sie ihren Eindruck von Patrick etwas korrigieren. Er war vielleicht doch nicht so schlimm, wie sie gedacht hatte. Ob die Zusammenarbeit vor Ort aber auch so gut funktionieren würde, würde sich erst noch zeigen müssen. Auf jeden Fall freute sich Ramona auf die Kinder und die Pferde. Es gab ihr ein gutes Gefühl, wenn sie jemandem das Schönste auf der Welt beibringen konnte: das Reiten.

Als sie den Zeitplan studierte, stellte sie fest, dass der Termin für das Vorstellungsgespräch ziemlich unpassend platziert war. Den musste sie auf den späten Nachmittag verschieben. «Okay, noch ein unangenehmes Telefonat an diesem Tag, aber dann ist Schluss damit!»

Montagnachmittag

Ankunft auf dem Pferdehof

Eine erwartungsvolle Stimmung lag am Montagmittag über dem Pferdehof Klosterberg.

Die Pferde bewegten sich aufgeregt im Paddock hin und her, schnaubten und wieherten. Einige rauften spielerisch miteinander, während andere aufmerksam über den Zaun schauten. Sie schienen zu ahnen, dass heute kein normaler Tag auf dem Pferdehof war.

Tatsächlich fuhren immer mehr Autos die Straße hoch und hielten auf dem Vorplatz des Klosters. Dieser große, mit Kopfstein gepflasterte Platz wurde auf der einen Seite von einem Kiesplatz und einigen Nebengebäuden des Klosters abgelöst und auf der anderen Seite befand sich der malerische Klostergarten mit einem Pavillon und Sitzbänken. Das Hauptgebäude selbst war ein imposantes Gebäude mit mehreren Stockwerken und einem Durchgang zu einem Innenhof.

Mädchen und auch ein paar Jungen luden ihre Koffer und Taschen aus den Fahrzeugen. Einige blieben schüchtern bei ihren Eltern stehen und schauten sich um. Andere verabschiedeten sich ungeduldig und begannen voller Abenteuerlust die Umgebung zu entdecken.

Lina und Amelia gehörten zur abenteuerlustigen Sorte. Sie hatten den Plan des Klosterareals bereits zu Hause studiert und wussten, dass die Pferde auf der anderen Seite des Hauptgebäudes untergebracht waren.

Die Rollkoffer ratterten über das Kopfsteinpflaster, als die beiden diese zur Eingangstreppe des Klostergebäudes zogen. Sie stellten sie dort zu den Gepäckstücken von anderen Kindern und schlugen anschließend den Weg zu den Pferden ein.

Das Hauptgebäude des Klosters ließen sie links liegen; sie wollten so schnell wie möglich sehen, mit was für Tieren sie es in den nächsten zwei Wochen zu tun hatten.

Ein Kiesweg führte zwischen zwei Gebäuden hindurch und brachte sie zu den Stallungen.

Als sie auf den großen Platz traten, um den der Pferdehof angeordnet war, blieben sie fasziniert stehen.

Einige Pferde zuckten im großen Paddock zusammen, weil die Mädchen so plötzlich aufgetaucht waren.

Die Besucherinnen schauten sich neugierig um. Es fehlte an nichts: Da gab es einen Reitplatz, eine Scheune mit einem Anbindeplatz, einen Brunnen, der als Tränke benutzt werden konnte, sowie einen großen Misthaufen.

«Es ist ja noch cooler, als ich es mir vorgestellt hatte», rief Amelia aus. «Und schau, die vielen Pferde! Die sind ja so süß!» Über das ganze Gesicht strahlend lief sie auf eine dunkelbraune Stute zu, die ihr den Kopf über den Zaun entgegenstreckte. Sie hielt dem Pferd ihre offene Handfläche hin, damit es ihren Geruch aufnehmen konnte. Das war wichtig, um das Pferd, das sie ja noch nicht kannte, nicht zu überrumpeln.

Aber die Stute leckte kurz darauf Amelias Handfläche.

Das Mädchen lachte, als die glatte Zunge ihre Hand berührte. «Sie mag mich!», rief sie begeistert aus. Sie betrachtete den eleganten Kopf und die großen schwarzen Augen mit den langen Wimpern. Die kleine Stute war wirklich ein schönes Pferd. Wie sie wohl hieß? Sie streichelte das Pferd am Kopf und als diese sie sanft mit den Nüstern stupste, verliebte sie sich vollends in sie.

In der Zwischenzeit stand Lina etwas abseits und ließ ihren Blick über die ganze Herde schweifen. Sie suchte nach einer bestimmten Art von Pferd. Sie liebte die großen und besonders eleganten Tiere – diejenigen, die ihren eigenen Kopf hatten. Diese Herausforderung reizte sie.

Lina musste nicht lange suchen.

Er überragte alle Pferde im Paddock. Der schwarze Wallach stand mit hoch aufgerichtetem Kopf mitten in der Herde und beobachtete sie mit seinen intelligenten Augen. Seine Erscheinung war elegant und feingliedrig. Er war bestimmt sehr leichtfüßig und temperamentvoll.

Lina stellte sich vor, wie sie mit ihm im Galopp über die Wiesen fliegen würde. Das musste ein herrliches Gefühl sein! Aber sie wagte gar nicht zu hoffen, dass sie in diesen zwei Wochen jemals auf diesem Pferd reiten durfte.

Ihr Herz machte einen Freudensprung, als sich der Wallach plötzlich in Bewegung setzte und sich ihr langsam näherte.

Sie hob ruhig ihren Arm und streckte ihn den aufmerksamen Augen entgegen.

Er setzte anmutig einen Huf vor den anderen und bahnte sich so gemächlich einen Weg an den anderen Tieren vorbei auf sie zu.

Aber plötzlich tauchten hinter Lina andere Kinder auf, die sich lautstark unterhielten.

Der Wallach blieb stehen und beobachtete kritisch die Neuankömmlinge.

Lina warf den Kindern einen genervten Blick zu und drehte sich wieder ihrem neuen Liebling zu. Mit ausgestreckter Hand versuchte sie ihn erneut zu sich zu locken, aber der Wallach getraute sich entweder nicht mehr oder er mochte die Anwesenheit dieser Kinder nicht.

Lina schluckte die Enttäuschung hinunter und schaute sich um. Plötzlich überkam sie die Lust, den Rest der Klosteranlage auszukundschaften. Sie lief zu ihrer Schwester hinüber, die immer noch mit der braunen Stute beschäftigt war.

Amelia wandte ihren Blick nicht vom Pferd. «Findest du diese Stute nicht auch süß, Lini? Schau, sie leckt mir die Hände und sie sieht so elegant aus!»

Lina betrachtete das kleine Pferd. «Ja, sie ist wirklich niedlich», sagte sie mit einem leicht spöttischen Unterton.

«Ich weiß, für dich kann ein Pferd nicht groß genug sein! Aber es sind eben nicht alle so wie du. Du musst dir wohl selber einmal ein ‹Shire Horse› kaufen.»

Lina schüttelte den Kopf. «Nein, die sind doch etwas zu klobig für meinen Geschmack. So ein Pferd wie dieses dort gefällt mir.» Sie zeigte auf den schwarzen Wallach, der sich nicht mehr von der Stelle gerührt hatte.

«Ja, der ist schön. Aber er sieht nicht so freundlich aus wie Bella!»

«Bella?»

«Ja, so heißt sie jetzt für mich, bis ich ihren richtigen Namen weiß.»

Lina schüttelte den Kopf. «Du kannst doch nicht einfach so Namen verteilen.»

«Klar, kann ich! Dein Wallach heißt für mich ‹Black

Beauty›.»

«Wennschon, gebe ich ihm einen Namen!», protestierte Lina.

Amelia blickte auffordernd zu ihrer Schwester hinüber und ließ die braune Stute los. «Dann lass mal hören.»

Nach einigem Zögern erwiderte Lina: «Es kommt mir noch kein Passender in den Sinn. Ich gehe jetzt den Rest der Klosteranlage auskundschaften. Kommst du mit?»

Amelia nickte und versprach der Stute, dass sie bald wieder kommen würde.

Sie begannen die Entdeckungstour beim viereckigen Reitplatz, der sich hinter ihnen befand und direkt an die Klostermauer angrenzte. Der Boden war mit Sand ausgestreut, damit hier bei jedem Wetter geritten werden konnte.

«Hoffentlich machen wir einmal ein kleines Turnier! Mit diesen Stangen dort könnte man einen tollen Parcours aufstellen», rief Lina begeistert aus.

Die beiden liefen am Reitplatz entlang, bis sie zur Scheune gelangten. An der Holzwand war eine lange Metallstange befestigt. Mehrere Ringe hingen daran.

Lina deutete darauf. «Hier werden wir die Pferde anbinden, um sie zu putzen. Werden in dieser Scheune die Sättel und Zaumzeuge gelagert?»

«Ich denke schon, und vielleicht auch das Futter.» Amelia wechselte im gleichen Atemzug das Thema und drehte sich zum Stall um, der an das Hauptgebäude des Klosters angebaut war. «Wie sieht es wohl im Stall aus? Haben sie Einzelboxen oder können alle Pferde beieinander sein?»

Ramona kam mit einem Sattel auf den Armen vorbei. «Hallo zusammen. Willkommen im Reitcamp!»

Amelia und Lina grüßten freundlich.

«Früher bestand der Stall aus Einzelboxen», beantwortete Ramona die Frage, die sie zufällig mitgehört hatte. «Vor einigen Jahren haben sie die Trennwände entfernen lassen, da die Besitzerin der Pferde der Meinung ist, dass die Offenstallhaltung für die Pferde besser geeignet ist. Jetzt können sich die Tiere frei im Stall bewegen. Sie haben einen Fress- und Trinkbereich und einen großen Schlafbereich mit Stroh. Ihr werdet den Stall schon noch von innen sehen.» Sie lächelte den beiden Mädchen zu.

«Seit wann gibt es den Pferdehof Klosterberg schon?»

«Der Stall wurde um 1860 zusammen mit dem Neubau des Klosters gebaut. Aber hier gab es schon im Mittelalter eine Pferdezucht. Das Kloster benötigte die Pferde als Transportmittel und für die Arbeit auf dem dazugehörigen Bauernhof. Der ist dort drüben, außerhalb der Klostermauer. Vor etwa 50 Jahren wurde der Bauernhof an einen Bauern verpachtet und die Zucht der Pferde wurde eingestellt. Seither ist hier ein privater Pferdehof eingemietet.» Ramona hob den Sattel etwas bequemer auf ihre Arme und machte sich auf den Weg zur Scheune. «Wir sehen uns gleich bei der Begrüßung. Bis dann.»

Amelia blickte zum Stall hinüber. «Meinst du, wir dürfen uns drinnen umsehen?»

Kopfschüttelnd zeigte Lina auf die Tafel neben dem Paddock: «Betreten der Stallungen nur in Begleitung von Reitlehrpersonen erlaubt.»

Amelia gab sich aber nicht so schnell geschlagen: «Ich könnte dir etwas über die Pferde beibringen. So bin ich deine Reitlehrerin und wir dürfen hineingehen!»

«Wennschon würde ich dir etwas beibringen!», entrüstete sich Lina.

Sie schlenderten vom Pferdehof weg und gelangten über den Kiesweg zu einem tunnelartigen Durchgang, der in den Innenhof des Klosters führte.

Lina entdeckte an der Wand ein Schild, auf dem erklärt wurde, wie das Kloster entstanden ist. Der Orden wurde 1850 von Mutter Marianne Wyrsch gegründet. Sie hatte die Not der Fabrikarbeiter gesehen. Diese Familien lebten in großer Armut, hatten nur ungenügende medizinische Versorgung und erhielten kaum Schulbildung. Sie hatte Erbarmen und wollte in diesen Bereichen helfen. Zehn Jahre später war die Gemeinschaft bereits so stark gewachsen, dass sie hier in *Berg* eine Außenstation als Kloster und Krankenstation eröffnen konnten. An der gleichen Stelle hatte im Mittelalter bereits ein Männerkloster gestanden. Es diente damals als Pflegestation für Pilger auf ihrer Durchreise nach Jerusalem. Ebenfalls betreute das Kloster die Aussätzigen im Siechenhaus. Als aber die Zeit der Kreuzzüge vorbei war und kaum noch Menschen an Lepra erkrankten, wurde ein Großteil der Mönche an andere Orte verlegt. In der großen Pest zwischen 1518 und 1525 starben die verbleibenden Mönche und das Kloster wurde ganz aufgegeben. Mutter Marianne Wyrsch kaufte das Land vom Staat ab und baute die alten verfallenen Gebäude nach ihren Bedürfnissen neu auf.

«Was meinst du? Wohnen hier noch echte Nonnen?», fragte Amelia.

«Da vorn ist eine.» Lina zeigte in den großen Innenhof, der sich vor ihnen auftat.

Dieser war vom Hauptgebäude des Klosters umgeben und in seiner Mitte plätscherte Wasser in einen runden Brunnen.

Amelia fiel auf, dass es die Bewohner gern grün hatten. Mehrere Zierbäume waren in Töpfen über den ganzen Platz verteilt aufgestellt und an den Rändern entlang des Innenhofes säumten sich abwechslungsreich bepflanzte Rabatten.

Eine ältere Frau in einem grauen Gewand war dabei, mehrere Tische zusammenzuschieben. Sie trug eine schwarze Kopfbedeckung mit einem weißen Rand. Um ihren Hals hing ein kleines Kreuz an einer schwarzen Schnur.

«Stimmt, die gibt es ja wirklich noch», bemerkte Amelia. «Und hier gibt es sogar ein kleines Restaurant.»

Tische, Stühle und Sonnenschirme standen beieinander und ein handbeschriebenes Schild verriet, was heute als Mittagsmenü bestellt werden konnte.

An einem Tisch, auf dem zwei leere Gläser standen, saßen zwei Jungs. Der jüngere sagte: «Weißt du, was cool wäre?»

Der andere schüttelte gelangweilt den Kopf.

«Wenn wir hier essen gehen könnten, anstatt zusammengequetscht auf einer Campingbank Campfood in uns zu stopfen!»

Der andere nickte.

Die arbeitende Frau blickte auf und lächelte. «Ihr werdet hier essen. Ich bin gerade dabei, die Tische für euer Abendessen zu decken.»

Die Jungs blickten sich verdutzt an.

Nach einem Moment der Stille fragte die Ordensschwester augenzwinkernd: «Wollt ihr mir beim Tischdecken helfen oder nur dasitzen und zusehen?»

Die Gesichtsausdrücke der Jungs veränderten sich sofort. Der eine stammelte etwas von keine Zeit, das Camp beginne gleich.

Eilig standen die beiden auf und entfernten sich von den Tischen. Sie liefen direkt an Amelia und Lina vorbei, die sich ein Kichern nicht verkneifen konnten.

Die Jungs schauten sie mit mürrischem Blick an. «Was gibt es da zu lachen?», fragte der kleinere der beiden.

«Nichts», antwortete Amelia und musste noch mehr lachen.

«Haltet doch die Klappe.» Er atmete tief ein und langsam wieder aus. «Seid ihr auch auf dem Reitcamp angemeldet?»

Amelia nickte. «Euch ist hoffentlich bewusst, dass ihr auch im Stall helfen müsst? Vielleicht sind zwei Jungs, die sich vor der Arbeit drücken, hier fehl am Platz?»

Der blonde Junge winkte ab. «Du sagst es selbst: Wir müssen hier noch genug arbeiten. Ich bin übrigens Nico und er heißt Manuel.»

Amelia musterte den Jungen. Er sah nicht wie ein Nico aus. Er hatte zu seinen blonden Haaren haselnussbraune Augen. Der mürrische Gesichtsausdruck war verschwunden und sein Mund war nun zu einem feinen Lächeln verzogen.

«Ich bin Amelia und das ist meine Schwester Lina.»

«Wir haben noch zehn Minuten Zeit, bis das Camp

beginnt. Habt ihr den Teil des Klosters da vorn schon gesehen?», fragte Nico.

Lina schaute etwas zögerlich zu Amelia. Sie hatte eigentlich keine Lust mit den fremden Jungs umherzuziehen. Aber sie kannte die Antwort ihrer Schwester schon.

«Ihr könnt es uns gern zeigen!» Amelia zog ihre Schwester hinter sich her über den Platz.

Nico deutete auf eine unscheinbare Tür. «Wohin die führt, weiß ich nicht. Die Tür ist abgeschlossen.»

Amelia winkte ab. «So langweilig wie die aussieht, ist bestimmt nichts Besonderes dahinter.»

«Das würde ich nicht so schnell sagen», protestierte Lina. «Gerade hinter den unauffälligen Türen befinden sich manchmal die viel interessanteren Geheimnisse!»

Nico zeigte auf die nächste Tür. «Dort wird es schon spannender.»

Als sie gemeinsam auf den Hauseingang zugingen, musterte Lina den zweiten Jungen. Er hatte pechschwarze Haare und dunkle Augen. So wie die beiden aussahen, waren es keine Brüder.

«Was habt ihr im Café gemacht?», wollte Amelia wissen.

«Mein Vater hat uns hergefahren», antwortete Manuel, «aber weil er am Nachmittag wieder arbeiten muss, hat er uns etwas früher abgesetzt.»

«Dafür hat er uns eine Cola spendiert!», ergänzte Nico.

Die vier waren bei der großen Holztür angekommen. Auf einem Schild stand: «Albert Vogel, Künstler».

Nico öffnete, als wäre er schon hunderte Male hier gewesen. Es war ihm offensichtlich nicht bewusst, dass für das Camp nicht die ganze Klosteranlage zur Verfügung stand.

Sie schlüpften in den dunklen Raum hinein.

Durch die alten Fenster fiel etwas Licht auf seltsame Skulpturen, die über die ganze Werkstatt verteilt waren.

Es schien niemand da zu sein.

Amelia ging auf eine der Skulpturen zu, die ihr bis knapp unter die Nase reichte. Sie runzelte die Stirn. Das Kunstwerk war aus allen möglichen Materialien zusammengebaut und hatte so etwas wie einen Kopf. Sicher war sich Amelia aber nicht. «Was soll das darstellen?»

Ihre Stimme hallte von den kahlen Wänden wider, sodass alle vier zusammenzuckten.

Nico trat neben sie. «Keine Ahnung, was das soll. Wenn ich ehrlich bin, verstehe ich auch den Sinn der anderen Figuren nicht.»

«Diese hier könnte man in einer Geisterbahn aufstellen. Die sieht ziemlich unheimlich aus mit den weit aufgerissenen Augen», rief Lina aus einer anderen Ecke der Werkstatt.

Amelia war sofort zur Stelle und starrte die gruselige Figur an. Sie schauderte. «Was für eine Person macht solche Skulpturen?»

Nico pflichtete ihr mit einem Fragezeichen auf dem Gesicht bei: «Ich kann mir nicht vorstellen, wie jemand an so etwas Spaß haben kann.»

In diesem Augenblick fiel helles Licht durch die plötzlich offene Holztür.

Die vier Kinder schauten sich verdutzt um. Jetzt ahnten sie auf einmal, dass sie vermutlich nicht hier sein durften.

Ein Mann mit dunklen wuscheligen Haaren, die an den Schläfen bereits ergraut waren, trat ein. Sein Gesicht zeigte eindeutig, dass er keine Freude daran hatte, die Kinder hier anzutreffen.

Bevor er aber etwas sagen konnte, fragte Amelia neugierig: «Haben Sie diese Skulpturen gebaut?»

Das Gesicht des Mannes hellte sich ein wenig auf. «Ja, die habe ich gebaut. Gefallen sie dir?»

Die Kinder schauten sich gegenseitig an und konnten sich ein Kichern nicht verkneifen.

Amelia zuckte schließlich mit den Achseln und antwortete: «Ehrlich gesagt nicht besonders.» Aber als sie sah, wie sich das Gesicht des Künstlers verfinsterte, fügte sie schnell hinzu: «Wir verstehen eben nicht so viel von Kunst.»

Er war sichtlich enttäuscht, dass sich die Begeisterung der Kinder in Grenzen hielt. Streng sagte er: «Ihr dürft hier nicht hereinkommen! Immer wenn die Camps stattfinden, geht das gleiche Theater los.»

«Entschuldigen Sie, wir sind davon ausgegangen, dass die Werkstatt auch zum Camp gehört und wir hier Bastelworkshops machen werden und so», versuchte sich Nico herauszureden.

«Nein, ihr dürft euch nur bei den Pferden aufhalten. Hier vorn habt ihr nichts zu suchen», murrte der Mann. «Also haut ab!»

Schnell schlüpften die vier zwischen den Skulpturen hindurch und eilten auf den Ausgang zu.

«Auf Wiedersehen», rief Amelia zurück, als sie die Holztür hinter sich schloss. «Das ist ein merkwürdiger Ort.»

Auf der anderen Seite des Innenhofes blieben sie stehen.

«Wir sind spät dran!», rief Lina aus. «Wir sollten so schnell wie möglich zurück zu den andern.»

Amelia schaute sich um. «Treffen wir uns auf dem Vorplatz, wo wir aus den Autos gestiegen sind, oder hinten bei den Pferden?»

«Wir müssen zu den Pferden», war sich Nico sicher.

«Aber wir haben noch unser Gepäck beim Klostereingang», protestierte Lina.

«Wir nicht», entgegnete Nico.

Nico und Manuel rannten in Richtung Stall davon, während Lina und Amelia die Richtung zum großen Eisentor beim Eingang einschlugen.

Störung zum Beginn des Camps

Amelia und Lina kamen außer Atem auf dem Vorplatz des Klosters an.

Patrick, Ramona und eine Ordensschwester waren gerade dabei, die Kinder im Schatten einer alten Eiche um sich zu scharen.

Die zwei Mädchen stellten sich schnell dazu. «Zum Glück sind wir nicht zu den Pferden gegangen», seufzte Amelia erleichtert.

Von Manuel und Nico war weit und breit nichts zu sehen.

Die anderen Kinder waren größtenteils Mädchen. Ohne die zwei noch nicht anwesenden Jungs waren wohl nur drei oder vier andere angemeldet.

Der junge Mann stellte sich auf eine Holzkiste und schaute mit einem Lächeln in die Runde. «Hallo zusammen! Willkommen zum Reitcamp auf dem Pferdehof Klosterberg. Es freut uns, dass ihr dabei seid. Wir werden eine tolle Zeit miteinander haben und das Wetter soll in der nächsten Woche auch gut werden. Ich bin Patrick Meier und ich bin euer Leiter während ...»

Manuel und Nico rannten dazu. Sie stellten sich neben Amelia und Lina, die sich ein Lachen nicht verkneifen konnten.

Der Leiter fuhr mit seiner Begrüßungsrede fort: «Also, ich bin euer Leiter. Wenn ihr irgendwelche Fragen habt, könnt ihr jederzeit zu mir kommen. Das da ...»

Plötzlich rannte eine junge Ordensschwester auf die

Gruppe zu. «Schwester Mathilda!»

«Was ist los?»

Die junge Schwester entschuldigte sich für die Störung und wandte sich Mathilda zu. «Es ist alles weg! Im Atelier sind der Schmuck und alle Kreuze verschwunden!»

«Wie verschwunden?», wollte Mathilda wissen.

«Gestohlen! Die Tür wurde aufgebrochen und jetzt ist alles weg.» Die junge Schwester war ganz außer sich vor Aufregung.

«Hast du die Polizei alarmiert?»

Die Antwort erübrigte sich, als die Sirenen eines Polizeiautos immer lauter wurden. Kurz darauf fuhr das Fahrzeug mit Blaulicht durch das große Eingangstor und stoppte auf dem Vorplatz. Zwei uniformierte Polizisten stiegen aus und nach kurzer Besprechung fuhren sie wieder davon, um in der Umgebung nach verdächtigen Personen Ausschau zu halten. Bis die Spezialisten von der Spurensicherung eintrafen, durfte niemand in das Atelier hineingehen.

Die Kinder tuschelten aufgeregt miteinander.

Als Schwester Mathilda auf die Holzkiste stieg und sich räusperte, wurden die meisten still.

«Ich stelle mich auch kurz vor. Anschließend werde ich unerwartet anderweitig gebraucht», begann sie. «Ich bin Schwester Mathilda. Im Camp bin ich für das Essen und eure Schlafplätze zuständig. Ich bin seit 25 Jahren in diesem Kloster zuhause und seit einigen Jahren leite ich die Kongregation, also diese Außenstation. Mit mir zusammen wohnen 17 Schwestern hier. Vor 100 Jahren hätten wir noch keinen Platz für ein Kindercamp gehabt, da wurden die Zimmer der heutigen Herberge auch für die Unterkünfte der Schwestern gebraucht. Damals wohnten in diesen Gebäuden etwas weniger als 100 Schwestern. Gebaut wurde das Kloster als Krankenstation für arme Leute und von hier aus wurden alte und gebrechliche Leute in der ganzen Umgebung gepflegt. Aber schon als eure Urgroßeltern auf die Welt kamen, wurde die Krankenstation geschlossen, weil unser Orden ein großes Krankenhaus in der Stadt bauen konnte. Es ist heute eine Privatklinik, die immer noch von unserer Gemeinschaft geführt wird und für die medizinische Versorgung der ganzen Region eine wichtige Rolle spielt. Sechs Schwestern, die hier wohnen, arbeiten dort.

Bis vor 50 Jahren waren die meisten Lehrerinnen im Dorfschulhaus Schwestern aus diesem Kloster. Sie haben so dazu beigetragen, dass sich das Dorf die Schule überhaupt leisten konnte. Heute arbeiten immer noch fünf von unseren Schwestern im pädagogischen Bereich. Sie sind ausgebildete Sozialpädagoginnen und sind im Kinderheim Bergblick tätig. Das Internat gehört nicht zum Kloster, aber seit der Gründung arbeiten dort Erzieherinnen von uns mit. Ihr seht also: Wir beten nicht nur den ganzen Tag. Jede von uns geht einer Arbeit nach.

Eine lange Tradition hat in diesem Kloster auch die Kunst. Einige Schwestern arbeiten in unserem Schmuckatelier als Graveurinnen. Sie bearbeiten Schmuck und Dekorationsgegenstände und verzieren sie mit Wörtern, Mustern oder christlichen Symbolen, wie zum Beispiel dem Kreuz.» Schwester Mathilda hob das kleine Kreuz, das sie um den Hals trug, in die Höhe. Dann blickte sie wieder zu den Kindern. «Aber jetzt hat es in diesem Atelier einen Zwischenfall gegeben und deshalb muss ich euch schon wieder verlassen. Wir sehen uns spätestens beim Abendessen wieder und sicher auch beim Abendprogramm.»

Als Schwester Mathilda davongeeilt war, stellte sich Ramona vor und Patrick erklärte den Zeitablauf und die Regeln im Camp. Dann teilten sie die Kinder in zwei Gruppen auf.

Amelia und Linas Gruppe durfte zu den Pferden. Aber vorher mussten sie noch ihre Rollkoffer in die Herberge bringen. Die anderen Kinder hatten das bereits erledigt, als die beiden sich bei den Pferden aufgehalten hatten.

Aber der Umweg durch den Innenhof kam Amelia gerade gelegen. So konnten sie am Atelier vorbei gehen und dort ihre Neugier nach weiteren Informationen zum Einbruch befriedigen.

Dort sahen sie, dass in der Zwischenzeit zwei weitere Polizisten eingetroffen waren und sich mit Notizblock und Kugelschreiber bewaffnet mit den Ordensschwestern unterhielten. Diese waren immer noch in heller Aufregung.

Die beiden Beamten stellten Fragen und machten Notizen.

«Alles wurde gestohlen. Wir wissen nicht, wie das passieren konnte. Wir haben immer alles vorschriftsgemäß abgeschlossen», erzählte die junge Schwester, die zuvor Mathilda gerufen hatte.

Der Polizist hakte nach: «Was wurde genau gestohlen?»

«Wir machen im Atelier Gravuren in Holzkreuze und in Gold- und Silberschmuck. Morgen kommt ein Lastwagen einer Transportfirma, die auf wertvolle Transporte spezialisiert ist. Der hätte eine große Ladung mit fertigen Aufträgen nach Rom fahren sollen. Heute Nachmittag wollte ich das alles fertig verpacken, aber jetzt ist alles weg!»

Der Beamte machte einige Notizen, dann fragte er: «Wann haben Sie die Wertgegenstände das letzte Mal gesehen?»

Die Frau runzelte die Stirn. «Das müsste am Freitag gewesen sein. Am Samstag und Sonntag haben wir nicht im Atelier gearbeitet.»

«Haben Sie eine Alarmanlage? Oder andere Sicherheitsvorkehrungen?»

«Ja, das haben wir. Aber ...» Die Frau zögerte. «... wir hatten hier im Kloster seit Menschengedenken noch nie einen Diebstahl.»

«Was wollen Sie damit sagen?»

Sie blickte peinlich berührt zu Boden. «Die Alarmanlage ist seit mehr als einem Jahr defekt und wir haben sie noch nicht reparieren lassen.»

«Das ist nicht gut.» Der Polizist kratzte sich am Kinn.

«Aber bis letzte Woche war ja auch noch nie etwas passiert!», verteidigte sie sich.

«Aber jetzt schon. Wie soll ich das hier notieren? Der Versicherung wird das bestimmt nicht gefallen.»

Die Schwester seufzte laut. «Das ist ein weiteres Problem.»

Der Beamte schaute sie fragend an.

«Früher haben wir nur Holzkreuze graviert. Seit wir auch Gold- und Silberschmuck machen, haben wir die Versicherungssumme nie angepasst.»

Plötzlich stupste Amelia ihre Schwester an. «Dort hinten schleicht sich der kauzige Künstler herum.»

Lina schaute sich um, aber sah ihn nicht.

Amelia deutete zu seiner Werkstatt hinüber. Dort stand er tatsächlich hinter einem Abfallcontainer und sah aus, als wollte er lieber nicht gesehen werden.

Lina stutzte. «Der ist nervös. Hat er etwas zu verstecken?»

Aber eine Ordensschwester entdeckte ihn und holte ihn zu den Polizisten hinzu.

Er folgte ihr nur widerwillig.

«Das ist Herr Vogel. Er hat seine Kunstwerkstatt gleich neben unserem Atelier», stellte ihn die Schwester vor.

Der Polizist schüttelte ihm die Hand. «Herr Vogel, haben Sie am Wochenende etwas Ungewöhnliches beobachtet?»

Der Künstler schaute sich nervös um, bevor er grimmig antwortete: «Nein, es war ruhig, wie immer … ruhig, wie immer.»

«Haben Sie in Ihrer Werkstatt Besucher empfangen?», fragte der Polizist weiter.

«Am Samstag waren ein paar interessierte Kunden da, alles ganz normale Leute. Aber heute Mittag habe ich Kinder dabei ertappt, wie sie in meine Werkstatt eingedrungen sind!»

Der Polizist runzelte die Stirn. «Kinder sind bei Ihnen eingebrochen?»

«Die Tür stand offen, ich war nur kurz auf der Toilette. Es ist immer das Gleiche: Wenn die Reitcamps durchgeführt werden, verteilen sich die Kinder auf dem ganzen Areal und nirgends ist man mehr sicher vor ihnen!»

«Wir sollten weiter. Ich freue mich so auf die Pferde!», sagte Lina.

Amelia nickte, aber sie konnte sich noch nicht so schnell von der Szene lösen.

Der Polizist hatte das Gespräch mit Herrn Vogel beendet, worauf dieser sofort in seiner Werkstatt verschwand.

Lina zog Amelia hinter sich her zum Eingang der Herberge.

Aber diese blickte zurück. «Hast du gemerkt, wie der Künstler den Fragen des Polizisten ausgewichen ist? Irgendetwas stimmt bei dem nicht.»

Auf dem Pferderücken

Als Amelia und Lina endlich bei den Stallungen ankamen, öffnete Ramona gerade das Tor zum Paddock. Die Kinder warteten draußen, während sie hineinschlüpfte und das Tor rasch wieder hinter sich zuzog.

An einem Pfosten des Holzzaunes hingen zwei Halfter bereit. Ramona schnappte sich diese und legte eines gekonnt einem der Pferde an.

Amelia hoffte, dass sie das zweite Halfter Bella anziehen würde, aber leider wählte die Leiterin eine andere Stute aus. Sie sah auch süß aus, war aber eben nicht Bella.

Die Kinder beobachteten erwartungsvoll, wie Ramona die beiden Pferde zum Ausgang des Paddocks führte.

Sie rief Lina und ein anderes Mädchen zu sich und drückte ihnen je einen Strick in die Hand. «Führt sie bitte zum Anbindeplatz und macht sie dort fest. Ich werde hinter euch den Paddock schließen.» Sie zwinkerte mit einem Auge. «Da werde ich beide Hände voll zu tun haben.»

Die Kinder beobachteten belustigt, wie einige vorwitzige Pferde ihren beiden Kameraden unbedingt folgen wollten.

Aber Ramona scheuchte sie zurück und schloss das Tor. Daraufhin teilte sie sechs Kindern je eine Aufgabe zu. Zwei waren für das Auskratzen der Hufe zuständig, während sich vier andere mit Putzzeug ausrüsten mussten.

Amelia gehörte zu diesen. Sie hatte eine Kardätsche in der einen Hand und einen Gummistriegel in der anderen. Zuerst reinigte sie mit dem Gummistriegel die ihr zugeteilte Pferdeseite in kreisenden Bewegungen, dann bürstete sie mit den weichen Borsten der Kardätsche das Fell wieder glatt. Nach jedem Strich fuhr sie gewissenhaft mit der Kardätsche über den Gummistriegel, damit der Schmutz von der Bürste entfernt wurde.

Ramona sattelte das Pferd, während Lina ihm das Zaumzeug anlegte.

«Nun darf jeder drei Runden auf dem Reitplatz reiten», erklärte Ramona, woraufhin die Mädchen jubelten.

Ramona winkte mit der Hand, sodass sie still waren. Neben den Pferden durften sie nicht so laut sein. «Nachdem alle vorgeritten haben, werde ich euch in zwei Gruppen aufteilen: die Gruppe der Anfänger und die Gruppe der Fortgeschrittenen.»

«Dürfen wir nur drei Runden reiten?», fragte ein Mädchen etwas enttäuscht.

«Keine Angst, wir werden später noch mehr reiten. Jetzt geht es nur darum, dass ich sehe, wo ihr steht.»

Amelia und Lina standen mit den anderen Kindern am Rande des Reitplatzes und schauten den zwei Mädchen zu, die im Kreis um Ramona herumritten.

Lina sah sofort, dass die eine der beiden noch nicht so viel geritten war. Ihre Füße waren im Steigbügel zu weit vorn positioniert und ihre Fersen zeigten auch nicht nach unten. Auch die Zügel hielt sie nicht korrekt. Aber das würde sie in diesen zwei Wochen sicher noch lernen. Lina dachte an die Zeit zurück, als sie selbst noch am Anfang gestanden hatte. Aber sie war sich sicher, dass sie nun zu den Fortgeschrittenen gehörte.

Schwester Mathilda trat an den Reitplatz heran und stützte sich bequem am weißen Zaun auf.

«Konntest du dich schon wieder losreißen?», wollte Ramona wissen und bedeutete den beiden Reiterinnen weiterzumachen. Dann schlüpfte sie zwischen den beiden Pferden hindurch und gesellte sich zu den Kindern und Schwester Mathilda am Zaun.

Mathilda nickte. Die Polizei war wieder gegangen und jetzt konnten sie nur noch abwarten.

«Was für Dinge stellt ihr im Atelier her?», wollte Ramona wissen.

«Hauptsächlich Holzkreuze zur Dekoration, die man in Kirchen oder zuhause aufhängen kann. Aber wir gestalten auch größere Kreuze, die man manchmal an Wanderwegen sieht. Zudem verzieren wir auch Halsketten mit einem kleinen Kreuz. Zum Beispiel so eines, wie ich es trage.» Mathilda deutete auf das Kreuz.

«Warum macht ihr alles mit Kreuzen?», fragte Amelia.

«Weil uns das Kreuz im christlichen Glauben an etwas Wichtiges erinnert. Es erinnert uns daran, dass Gott selbst zu den Menschen gekommen ist, um ihnen die Schuld zu vergeben und sich mit ihnen zu versöhnen. Das passierte damals an dem denkwürdigen Moment, als Jesus am Kreuz hing.» Sie seufzte. «Nun hoffen wir ganz fest, dass die Schmuckstücke wieder gefunden werden. Sonst sieht es für unseren Klosterstandort hier nicht gut aus.»

Ramona verstand nicht, warum der Einbruch den Standort des Klosters infrage stellen sollte.

Aber Schwester Mathilda erklärte es ihr: «Der Verlust wäre kaum zu verkraften. Die Einnahmen aus dem

Atelier sollten eigentlich unsere Ausgaben für den Einkauf der Edelmetalle, die präzisen Werkzeuge und all die anderen Aufwendungen decken. Dies ist uns aber schon vor dem Diebstahl nicht immer gelungen. Ich nehme an, dass die Gemeinschaftsleitung das Atelier nun schließen wird.»

«Ist das nicht etwas übertrieben?», fragte Amelia stirnrunzelnd.

Mathilda hob die Augenbrauen. Bereits vor dem Einbruch wurde darüber diskutiert, ob das Kloster *Berg* geschlossen werden sollte. Dank der Beliebtheit und der Bekanntheit der Kreuze aus dem Klosteratelier wurde bisher darauf verzichtet. Aber wenn das Atelier geschlossen werden würde, hätte diese Außenstation kaum noch seine Daseinsberechtigung. Die Schwestern müssten alle in die Zentrale des Ordens ziehen. Die Gebäude und das Land würden verkauft, was wohl auch das Aus für den Pferdehof bedeuten würde. Historische Gebäude wie diese kauft nur jemand, der dafür eigene Pläne und Vorstellungen hat. Er würde wohl allen Mietern kündigen.

Lina und Amelia schauten sich bestürzt an. Wo sollten sie dann reiten gehen? Sie waren bereits angemeldet, um nach dem Camp hier zu Reitstunden zu kommen.

Schwester Mathilda wandte sich an Ramona. «Hast du schon etwas von Ingrid gehört? Wird sie bald wieder auf den Beinen sein?»

Ramona hatte keinen guten Bericht. Ingrid hatte schon früher Probleme mit dem Rücken und diese waren nun mit dem Unfall wieder aufgetreten. Die Ärzte haben schon angedeutet, dass sie vielleicht nie mehr reiten dürfe. Der Diebstahl im Atelier könnte nicht der einzige Grund für das Ende des Pferdehofes sein.

«Könntest nicht du einspringen und den Hof übernehmen, bis sie wieder ganz genesen ist? Du könntest das sicher gut!»

Ramona winkte ab. «Es wäre ein Traum hier arbeiten zu dürfen. Aber ich habe bereits andere Pläne.» Sie wandte sich wieder den reitenden Mädchen zu.

Lina und Amelia waren überzeugt, dass sie gut vorgeritten hatten, und rechneten sich gute Chancen aus, dass sie in die Gruppe der Fortgeschrittenen eingeteilt würden.

Als alle Kinder ihr Können gezeigt hatten, schickte Ramona die Gruppe zu Patrick. Auf dem Weg dorthin waren als Zwischenmahlzeit Schokoladenkuchen und kühle Getränke bereitgestellt.

Während Amelia an ihrer Cola nippte, kreisten in ihrem Kopf die Gedanken. Sie sah Linas Gesichtsausdruck an, dass auch sie aufgewühlt war. «Der Pferdehof darf nicht geschlossen werden!», sagte sie bestimmt. «Wir haben uns ja bereits für Reitstunden nach dem Camp angemeldet!»

Lina nickte.

«Ich möchte an keinem anderen Ort reiten gehen!» Amelia klatschte laut in die Hände und bemerkte nicht, dass sie damit neugierige Blicke der anderen Kinder auf sich zog. «Lini, wir müssen etwas unternehmen!»

Da Lina die Blicke sah, zog sie Amelia etwas abseits.

«Was können wir schon machen?»

Amelia dachte kurz nach. «Als Erstes darf das Kloster nicht geschlossen werden!»

«Wenn das so einfach wäre …»

Eine Katze spazierte auf sie zu und strich an Linas Bein entlang. In Gedanken versunken bückte sich diese und hob die getigerte Katze auf den Arm.

Amelia durchforstete ihr Gehirn nach einem guten Plan. Was konnten zwei Mädchen wie sie schon ausrichten? Das Geld für den nicht versicherten Diebstahl aufzutreiben, stand außer Frage. Plötzlich kam ihr eine Idee. Sie packte Lina am Arm.

«Das Einzige, was wir tun können, ist den Dieb finden und die Wertsachen zurückbringen!»

«Wie willst du das anstellen?», fragte Lina nachdenklich. «Und wie willst du Frau Bachtelmann dazu bringen, schnell wieder hier arbeiten zu können?»

Amelias Schultern sackten zusammen. Die Heilung der Knochenbrüche konnten sie nicht selber beschleunigen.

Lina kraulte die Katze zwischen den Ohren, die gemütlich zu schnurren begann.

Plötzlich packte Amelia ihre Schwester an den Schultern.

Die Katze erschrak, wand sich aus Linas Armen und sprang auf den Boden. Kurz darauf verschwand sie im Gebüsch bei der Klostermauer.

Aus Amelias Augen blitzte Entschlossenheit. «Wir müssen Ramona überreden nach dem Camp hierzubleiben!»

«Hoffentlich schaffen wir das.»

«Wir müssen es schaffen!»

Verdächtige Spur

Nachdem sie den Schokoladenkuchen gegessen hatten, packte Lina und Amelia die Neugier. Sie nutzten den Rest der Pause, um zu sehen, ob es im Innenhof schon Neuigkeiten zum Diebstahl gab.

Das aufgebrochene Glas an der Tür zum Atelier war notdürftig mit Klebeband gesichert worden.

«Da gibt es nichts mehr zu sehen», kommentierte Lina, «komm, wir gehen zurück.»

Aber Amelias Neugier war noch nicht gesättigt. Sie steuerte direkt auf die Werkstatt des Künstlers zu.

«Wo gehst du hin? Wir müssen zurückgehen», protestierte Lina.

«Hast du nicht gesehen, wie merkwürdig sich der Künstler bei der Befragung durch die Polizei verhalten hat?»

Lina schaute sie fragend an. Klar hatte sie das gesehen.

«Der hat doch etwas zu verbergen», flüsterte Amelia, während sie durch das alte Fenster spähte.

«Warum sollte der Künstler etwas damit zu tun haben? Wenn das Kloster geschlossen wird, würde auch er seine Werkstatt verlieren.»

«Überleg doch mal: Wer wusste, dass im Atelier übers Wochenende so wertvolle Sachen gelagert wurden?» Amelia schaute ihre Schwester herausfordernd an.

Diese verzog den Mund. «Das können ganz viele gewesen sein … jemand von der Transportfirma zum Beispiel.»

«Der Künstler hat seine Werkstatt direkt neben dem Atelier», fiel ihr Amelia ins Wort. «Vielleicht hat er gerade Geldsorgen – was mich bei diesen Skulpturen nicht verwundern würde – und da hörte er durch die Wand, wie die Schwestern miteinander über diese wertvollen Waren sprachen.»

«Durch diese dicken Klostermauern hört man bestimmt nichts!»

«Dann hat er es draußen gehört. Oder eine Schwester hat es ihm vielleicht sogar erzählt.» Da Amelia durch das Fenster zu wenig sehen konnte, stieß sie langsam die Holztür auf, die auch jetzt nur angelehnt war, und spähte hinein.

Im Kunstatelier war es dunkel, nur die Silhouetten der merkwürdigen Skulpturen waren im spärlichen Licht zu erkennen.

«Jemand, der solche Skulpturen baut, macht sich schon nur deswegen verdächtig», flüsterte Amelia, als sie den Kopf wieder ins Freie zog und die Tür ins Schloss fallen ließ.

«Jetzt mal halb lang», protestierte Lina, «das ist ein Vorurteil.»

Amelia ging nicht darauf ein. Sie hatte nämlich etwas entdeckt. Neben der Tür stand in einer Nische der Abfallcontainer, hinter dem sich der Künstler zuvor verborgen hatte. «Darin finden wir vielleicht einen Hinweis!», sagte Amelia bedeutungsvoll. Der Metalldeckel war aber zu schwer, als dass sie ihn gleichzeitig allein offen halten und im Abfall wühlen konnte. «Kannst du mir bitte helfen? Diese Containerdeckel sind immer so furchtbar schwer», beschwerte sie sich.

Lina verdrehte ungeduldig die Augen. «Das hat schon seinen guten Grund.»

«Hilf jetzt!»

Da Amelia ohnehin nicht locker gelassen hätte, stemmte Lina den Deckel hoch. «Der ist so schwer, weil sonst andauernd Gören wie du Abfall herausfischen würden.»

Auf einem Haufen Abfall lagen ein Paar schwarze Handschuhe und Glasscherben.

«Sieh nur, da haben wir einen Hinweis! Diese Glasscherben sind doch sicher von der aufgebrochenen Tür! Und Handschuhe …»

Lina runzelte die Stirn. «Die könnten aber auch von etwas anderem sein.»

Amelia schüttelte den Kopf. «Die Farbe des Glases passt! Und die Handschuhe hat er getragen, damit er keine Fingerabdrücke hinterlässt!»

«Das beweist doch gar nichts», murrte Lina.

Amelia war sichtlich verärgert, dass Lina ihren Verdacht nicht teilte. Aber im Augenwinkel erblickte sie Unterstützung.

Manuel und Nico kamen neugierig auf sie zu.

«Wartet Patrick schon auf uns?», fragte Lina die Ankömmlinge.

Nico winkte ab. «Es sind noch nicht alle aus Patricks Gruppe fertig. Ihr habt schon noch fünf Minuten.»

Amelia zog ihren Kopf aus dem Container und erklärte den Jungs ihren Verdacht.

Nico verstand sofort, was Amelia sagen wollte. «Wenn der Künstler sich so seltsam verhalten hat, hat er sicher etwas zu verbergen!»

«Genau das habe ich auch gesagt!», ereiferte sich Amelia. Da sie auf Manuels Gesicht einen zweifelnden Ausdruck sah, fokussierte sie sich weiter auf Nico und berichtete ihm, was Schwester Mathilda beim Reitplatz erzählt hatte. Jetzt, wo sie einen Verbündeten hatte, steigerte sie sich richtig in die Sache hinein. «Das muss er doch gewesen sein, oder nicht?»

Nico stieß verärgert die Luft aus. «Wieso hat er das nur gemacht?»

Nun schauten auch die Jungs in den Container.

Amelia wiederholte ihre Theorie von den Geldsorgen und fügte eine neue hinzu: «Vielleicht träumt er ja von einer größeren Werkstatt! Um sich das leisten zu können, braucht er natürlich viel Geld!»

«Oder vielleicht will er den Schmuck gar nicht verkaufen, sondern eine ganz besondere Skulptur daraus machen», spann Nico weiter.

«Der soll die Sachen gefälligst zurückgeben!», protestierte Amelia. «Wir dürfen nicht zulassen, dass das Kloster und der Pferdehof geschlossen werden!» Sie schaute zu Lina und Manuel hinüber, um auch von ihnen Unterstützung zu erhalten.

Aber Lina ging nicht darauf ein. «Jetzt mal halblang, ihr zwei. Was ist, wenn dieser Verdacht nicht wahr ist?»

Ungeduldig sah Amelia ihre Schwester an: «Was soll daran zweifelhaft sein? Wenn er es war, dann war er es! Die Glasscherben hier sind ganz sicher von dem zerschlagenen Glas der Tür. Und die Handschuhe …»

Nico hob den Zeigefinger vor den Mund. «Nicht so laut. Er sollte nicht wissen, dass wir sein Geheimnis kennen.»

Amelia nickte reumütig. «Komm, wir müssen den Klosterschwestern von unserem Fund erzählen.»

«Da kannst du ohne mich hingehen», sagte Lina, «wir müssen jetzt zurück zu Patrick.»

«Und ein richtiger Dieb würde die Beweisstücke,

wie die Handschuhe und die Glasscherben, nicht einfach oben in seinen Container werfen. Das ist für die Polizei doch viel zu einfach», wandte Manuel ein.

Lina nickte zustimmend.

Aber Nico gab zurück: «Er ist ja auch kein echter Dieb, sondern ein Künstler. Und die stellen gern ihre Werke zur Schau.»

«Und überhaupt: Wer wird schon den Künstler von nebenan verdächtigen.» Amelia schaute zu Nico. «Kommst du mit zu Schwester Mathilda?»

Er nickte und zusammen überquerten sie den Innenhof.

Lina schlug den Weg zu Patrick ein und Manuel den zum Reitplatz.

Amelia und Nico steuerten auf das Café zu. Eine andere Schwester hatte gesagt, dass sie Mathilda hier finden würden.

Eine helle Glocke erklang, als sie eintraten, und tatsächlich lächelte ihnen Schwester Mathilda freundlich hinter der Theke entgegen.

Sie hörte den beiden aufmerksam zu, als sie von ihrem Verdacht erzählten, und ließ sie sogar ausreden. Aber dann schüttelte sie den Kopf. «Wenn ihr Herrn Vogel kennen würdet, wüsstet ihr, dass dieser Verdacht unbegründet ist. Er wirkt und verhält sich vielleicht etwas eigen, aber glaubt mir, er würde keiner Fliege etwas zuleide tun.»

Nico und Amelia schauten sich kopfschüttelnd an. Mathilda blickte einfach nicht durch. Es war doch so offensichtlich!

Als die beiden wieder draußen waren, sagte Amelia bestimmt: «Dann müssen wir dieser Sache eben selber nachgehen.»

«Ja, das lassen wir nicht so auf uns sitzen», pflichtete Nico ihr bei.

Bis kurz vor dem Abendessen begegneten sich Nico und Amelia nicht mehr, da sie in unterschiedlichen Gruppen beschäftigt waren.

Endlich, um halb sechs, trafen sich alle wieder zwischen dem Reitplatz und dem Paddock und Ramona verkündete: «Um sechs gibt's im Café das Abendessen. Bitte seid pünktlich!»

Kaum waren sie entlassen, waren Amelia und Nico wieder ins Gespräch vertieft.

Lina schaute ihnen aus einiger Entfernung zu. Sie runzelte die Stirn. Warum musste sich ihre Schwester nur so für diesen Fall interessieren, fragte sie sich missmutig. Sie waren doch wegen der Pferde und zum Reiten hier. Aber es war eigentlich nichts Ungewöhnliches, dass Amelia und sie sich nicht immer verstanden. Die beiden waren so unterschiedlich wie Tag und Nacht.

Manuel stand neben ihr und schaute zu den Pferden hinüber.

Lina betrachtete ihn unauffällig von der Seite. Er

schien auch das pure Gegenteil von Nico zu sein. Er brachte bisher kaum einmal den Mund auf. Sie konnte sich gar nicht mehr erinnern, wie seine Stimme klang. Sie verkniff sich ein Grinsen. Wenigstens war er nicht wie ein kleiner Hund den beiden hinterhergelaufen, als sie zu Schwester Mathilda gegangen waren.

Manuel bemerkte, dass Lina ihn anstarrte, und erwiderte fragend ihren Blick. In seinen Augen war keine Schüchternheit zu sehen, wie sie vermutet hätte.

Sie wurde rot und wandte den Blick ab. Vielleicht hatte sie ihn ja falsch eingeschätzt.

Der Eingang zum Stall war eine typische zweiteilige Stalltür, bei der die untere Hälfte geschlossen und die obere geöffnet bleiben konnte.

Patrick lehnte sich über die geschlossene untere Türhälfte und suchte im dunklen Stall nach Ramona.

Sie streute frisches Stroh aus.

«Bist du mit der Einteilung der Reitgruppen fertig?»

Ramona schaute verwundert auf. Sie hatte ihn gar nicht kommen hören. «So wie es aussieht, muss ich drei anstatt zwei Gruppen machen.» Sie zählte an drei Fingern ab: «Anfänger, mittlere und fortgeschrittene Reiter.» Sie lächelte. «Bei einigen war es eindeutig, dass sie zu den Anfängern gehören, aber bei vielen bin ich unsicher. Es ist am besten, wenn ich mit diesen eine mittlere Gruppe bilde.»

Patrick runzelte die Stirn und blickte sie nachdenklich an. Eine eigenwillige Strähne hing ihm bis ins Auge. Es verlieh ihm ein jungenhaftes Aussehen, trotz der Bartstoppeln im Gesicht. Ramona fand ihn gut aussehend, aber das würde sie ihm niemals sagen.

«Wäre es nicht besser, wenn du die Teilnehmer trotzdem in zwei Gruppen einteilen würdest?», fragte er.

Sie ärgerte sich. Warum musste er ihre Entscheidung infrage stellen? Sie hasste das. Er sollte sich doch um den Rest kümmern, während die Pferde *ihr* Gebiet waren. Sie verteilte eine kleine Unebenheit im Stroh mit ihrem Fuß und ging dann auf Patrick zu. Sie versuchte ihre Verärgerung zu verstecken und setzte ein gekünsteltes Lächeln auf. «In drei Gruppen kann ich die Teilnehmer besser ihrem Können entsprechend fördern und fordern.»

Patrick nickte, schien aber nicht überzeugt zu sein. «Das hört sich gut durchdacht an. Aber findest du nicht, dass es praktischer wäre, wenn wir zwei Gruppen machen würden, da wir ja auch nur zwei Leiter sind?»

«Das spielt doch keine Rolle», erwiderte Ramona schnell. «Ich nehme jeweils eine Gruppe zu mir und du beschäftigst die beiden anderen.»

Patrick wog seinen Kopf nachdenklich hin und her. «Das braucht aber sehr viel Zeit. So musst du drei Mal mit den Pferden los, anstatt nur zwei Mal. Das schaffst du kaum an einem Nachmittag. Mit zwei Gruppen könnte man auch einmal zusammen ausreiten gehen: Dann könnte immer ein Anfänger mit einem Fortgeschrittenen zusammen ein Pferd nehmen.»

Ramona starrte Patrick mit zusammengekniffenen Augen an. Er hatte ja schon ein wenig Recht, aber es ärgerte sie, das zugeben zu müssen – vor allem, wenn er so selbstsicher und stur dastand. Das regte sie auf.

Sie versuchte, der Frage auszuweichen, indem sie selbst eine stellte: «Ich dachte, die Pferde seien mein Ressort, oder ist das nicht so?»

Patrick zog eine Augenbraue hoch und grinste.

Konnte er nicht ernst bleiben?

«Das stimmt. Aber da ich die anderen Kinder betreue, betrifft es mich auch. Und überhaupt: Ingrid hat auch immer zwei Gruppen gemacht. Es ist also nicht meine Idee.»

Ramona hob kapitulierend die Hände. «Also gut, du hast gewonnen! Wenn Ingrid das so gemacht hat, hast du mich überzeugt.» Sie bemerkte, wie einige Kinder mit fragenden Gesichtern zu ihnen herüber schauten. Sie grinste ihnen zu, um ihnen zu zeigen, dass alles in Ordnung war. «Das Doofe ist nur, dass ich jetzt meine Planung wieder umstellen muss», sagte sie resigniert.

«Das wird schon gehen. Du kannst die mittlere Gruppe einfach mal zu den Anfängern tun. Wenn sich herausstellt, dass das eine oder andere Mädchen gut genug reitet, kannst du sie immer noch zu den Fortgeschrittenen einteilen.»

Ramona warf ihm einen schneidenden Blick zu. «Das hab ich selber auch gerade gedacht, danke.»

Er grinste sie an, als würde er sich über ihren Ärger freuen.

Ramona schloss die Tür zum Stall zu und senkte ihre Stimme, damit die Kinder sie nicht hören konnten. «Apropos Reiten: Ich plane, heute nach dem Abendessen mit den Fortgeschrittenen einen kurzen Ausritt zu machen. Kannst du die Anfänger in dieser Zeit beschäftigen?»

Sie sah, wie ein Schatten über sein Gesicht flog. *Wehe, er wollte daran auch etwas aussetzen!*

Dann lächelte er aber und sagte: «Das ist eine gute Idee! Ich werde in der Zwischenzeit mit den anderen ein Lagerfeuer vorbereiten. Wenn ihr zurückkommt, können wir den Abend gemeinsam am Feuer mit ein paar Liedern und einer Geschichte aus dem Wilden Westen ausklingen lassen.»

Ramona lächelte ihm erleichtert zu. «Gut, dann stimmen wir überein.»

Er nickte und machte sich in Richtung Café davon.

Montagabend

Abendlicher Ausritt

Beim Abendessen im Café herrschte fröhliche Stimmung. Ramona spürte, wie die Teilnehmer langsam auftauten und untereinander Bekanntschaft schlossen. Sie war zufrieden und freute sich auf den Ausritt nach dem Essen.

Sie sah zu Patrick hinüber, der bei den wenigen Jungs saß und gerade einen Löffel voll Schokoladenpudding zum Mund führte. Sie runzelte die Stirn, als sie an die Diskussion vor dem Abendessen zurückdachte. Sie war immer noch verärgert über Patrick, aber sie musste zugeben, dass es eigentlich ihr Stolz war, der angekratzt war. Als sie vorhin noch einmal die Einteilung der Gruppen durchgegangen war, musste sie zugeben, dass es so wirklich praktischer war.

Plötzlich traf Patricks Blick sie quer durch das Café.

Es war ihr peinlich, dass er sie beim Starren ertappt hatte.

Doch er schaute sie nur fragend an, als wollte er sagen: «Was ist?»

Zum Glück kam ihr sofort ein rettender Gedanke: Es war ja bald Zeit, mit dem Programm fortzufahren. Sie zeigte auf ihre Armbanduhr und tat so, als wäre das von Anfang an ihr Plan gewesen.

Er nickte und deutete mit der Hand auf sie.

Das nahm Ramona als Aufforderung, nun die Einteilung der Reitgruppen bekannt zu geben. Mit der Auflistung in der Hand räusperte sie sich und klatschte zweimal in die Hände.

Im Café wurde es augenblicklich still.

«Habt ihr gut gegessen?», fragte sie in die Runde.

Ein kollektives «Ja» ertönte von den Tischen.

«Sehr gut! Ich werde euch jetzt verraten, wer in welche Reitgruppe eingeteilt ist.»

Die Kinder tauschten untereinander gespannte Blicke aus.

Ramona sah es und fügte schnell hinzu: «Bitte vergesst nicht: Es geht nicht darum, ob jemand besser ist als der andere. Das Ziel der zwei Wochen ist es, dass sich jeder, egal wo er jetzt steht, verbessern kann. Ich habe euch alle reiten gesehen. Deshalb bin ich überzeugt, dass wir dieses Ziel bei jedem von euch erreichen werden.»

Sie las die Namen der Anfängergruppe vor und ignorierte die vereinzelten Kommentare, die die Kinder von sich gaben.

Lina war sich sicher, dass sie zu den Fortgeschrittenen gehören würde. Deshalb war sie auch nicht nervös, als die Liste der Anfänger zuerst vorgelesen wurde.

Aber Amelia befürchtete bis zum Schluss, dass ihr Name doch noch auftauchen würde. Sie wusste ja nicht, wo die Linie gezogen wurde. Sie wollte einfach gern mit ihrer Schwester zusammen in der Gruppe sein und zudem war sie überzeugt, dass sie bei den Fortgeschrittenen mehr profitieren konnte.

«Das war's. Alle anderen sind in der zweiten Gruppe», verkündete Ramona mit einem Lächeln und faltete das Blatt zusammen.

Amelia atmete erleichtert auf. Ihr Name war nicht bei den Anfängern aufgetaucht. Zu ihrem Erstaunen waren auch Nico und Manuel in der Gruppe der Fortgeschrittenen dabei. Obwohl sie die beiden noch nie in einem Sattel gesehen hatte, war sie davon ausgegangen, dass sie nicht so gut reiten würden. Na ja, einfach weil sie Jungs waren.

«Räumt bitte tischweise das Geschirr in die Küche. Auf dem Plan dort drüben seht ihr, wer dem Personal beim Abwaschen hilft. Keine Angst, alle dürfen einmal! Um acht Uhr trifft sich die Fortgeschrittenengruppe bei mir vor den Ställen. Nehmt eure Reitausrüstung mit, wir machen einen kleinen Abendausritt. Die andere Gruppe trifft sich bei Patrick, um …»

Lina und Amelia hörten nicht, was weiter gesagt wurde. Sie schauten einander an, während ihnen die Vorfreude auf den bevorstehenden Ausritt ins Gesicht geschrieben stand.

Die Pferde schauten neugierig über den Zaun, als gegen acht Uhr immer mehr Mädchen und Jungen in Reitermontur auf dem Vorplatz eintrafen.

Ramona teilte jedem ein eigenes Pferd zu, was die jungen Reiterinnen und Reiter sehr freute.

Nur Amelia durchfuhr ein Stich der Eifersucht. Ein anderes Mädchen hatte «ihre» Bella zugeteilt bekommen. Sie wollte doch so gern dieses Pferd reiten.

Amelia setzte einen entschlossenen Blick auf, band kurzerhand den Strick ihres Pferdes am Zaun fest und ging auf das Mädchen zu. Auf dem Namensschild las Amelia ihren Namen. «Daniela, tauschst du mit mir die

Pferde?»

Daniela sah sie verwirrt an. «Warum denn das?»

«Ich habe mich schon heute Mittag mit diesem Pferd angefreundet. Du bekommst dafür den grauen Wallach dort mit der weißen Mähne. Sieht er nicht auch süß aus?» Als Daniela immer noch unschlüssig da stand, redete Amelia weiter: «Ramona sagte, dass er ‹Grey› heißt, das ist Englisch und bedeutet ‹Grau›.»

Hatte sie Daniela überzeugen können? Amelia schaute sie prüfend an.

Aber Daniela blickte immer noch von einem Pferd zum anderen. Dann zuckte sie gleichgültig mit den Schultern. «Okay, wir tauschen. Grey gefällt mir auch gut.»

Freudig nahm Amelia den Strick von Bella in die Hand. «Vielen Dank! Du hast etwas gut bei mir. Komm, Bella. Jetzt gehen wir ausreiten.»

«Sie heißt ‹Selma›», korrigierte sie Daniela beim Weggehen. «So gut kennst du sie wohl doch nicht.»

Amelia ging nicht darauf ein und wiederholte den Namen leise. ‹Bella› gefiel ihr eigentlich besser, aber wenn die Stute nun mal so hieß, dann hieß sie halt so. Hauptsache, sie durfte auf ihr reiten!

Amelia führte Selma aus dem Paddock und band sie neben den anderen an der Stange vor der Scheune an. Sie blickte zu Lina hinüber und sah, dass diese an einem dunkelbraunen Wallach herumhantierte. Groß ist er, das mag sie ja. Den schwarzen Wallach, der Lina am Mittag ins Auge gestochen war, ritt heute Ramona selber. Da es das Lieblingstier der Besitzerin war, wurde es nicht für Reitschüler eingesetzt.

Es war ein fröhliches Treiben auf dem Platz zwischen dem Paddock, der Scheune und den Stallungen. Die Abendsonne warf ein weiches Licht über die Szene, sodass die Felle der Pferde orange leuchteten.

Lina hatte sich bereits in den Sattel geschwungen und versuchte den Wallach ruhig zu halten.

Endlich saß auch Ramona auf. Der große, schwarze Tornado stampfte unternehmungslustig mit dem Vorderbein, sodass einige Kieselsteine in die Luft flogen.

Lina konnte sich an diesem kraftvollen Pferd nicht sattsehen. Besonders in diesem speziellen Licht und wenn er seinen Hals majestätisch gebogen hatte. Sie seufzte.

Ramona gab ihrem Pferd sanft das Zeichen zum Loslaufen, worauf sich das Muskelspiel des gut trainierten Pferdes in Bewegung setzte.

Die anderen Pferde reihten sich hinter ihr ein. Sie hatten das schon oft gemacht, deshalb ging es reibungslos vonstatten.

Lina ritt hinter Amelia und hinter ihr folgten die Pferde von Manuel und Nico.

Ramona schlug den Weg ein, der über die Landstraße und zwischen den satten Weiden zum Wald führte. Auf einem Feld mähte ein Bauer mit dem Traktor und dem Mähwerk die hochgewachsene Wiese, sodass der Geruch von frisch geschnittenem Gras die Umgebung erfüllte. Die Abendsonne warf ein schönes Licht über die Felder und die Luft war immer noch sehr warm.

Lina holte tief Luft und versuchte, sich den wundervollen Moment einzuprägen. Es war ein unbeschreibliches Gefühl, einmal nicht an Hausaufgaben denken zu müssen, sondern einfach an der frischen Luft in der Abendsonne dem dunkelgrünen Wald entgegen zu reiten.

Viel zu bald kehrten sie wieder zurück, da die Schatten immer länger wurden.

Aber Lina konnte sich nicht beklagen; zwei Mal durften sie galoppieren.

Sie waren in einem großen Bogen um das Kloster geritten und kamen nun durch den Haupteingang auf den Vorplatz.

Das Klappern der vielen Hufe auf dem Kopfsteinpflaster kündigte ihre Rückkehr unmissverständlich an.

Ramona führte die Pferdekarawane um das Hauptgebäude herum und steuerte über den Kiesweg auf die Stallungen zu.

Plötzlich stutzte Lina und drehte sich nach hinten, sodass ihr Pferd einen Moment lang nicht mehr wusste, wo es durchgehen musste.

«Was hast du?», fragte Manuel als er Linas Pferd auswich.

Lina zeigte auf die Büsche, die die Hausmauer auf der ganzen Länge säumte. «Ich dachte, ich hätte dort hinter den Blättern jemanden gesehen.»

Manuel trieb sein Pferd an, um neben Lina reiten zu können. Er schaute auf die Stelle, wo Lina hindeutete, aber er konnte nichts entdecken. Nicht einmal die Blätter bewegten sich. «Was sollte dieser ‹Jemand› hinter dem Gebüsch tun? Auf dem Areal gibt es genügend Toiletten.»

Lina schüttelte den Kopf. «Ich weiß es doch auch nicht, aber ich bin mir sicher, dort jemanden gesehen zu haben.»

Manuel lachte. «Du siehst doch Gespenster.»

Als sie die Pferde absattelten, erzählte er Nico und Amelia von Linas «Träumereien».

Diese stimmten ihm grinsend zu, dass Lina beim Galoppieren wohl etwas zu stark durchgeschüttelt worden war.

Aber Lina fand es nicht zum Lachen. Sie war überzeugt, dort einen Mann gesehen zu haben.

Der Wilde Westen am Lagerfeuer

Es war bereits dunkel, als alle gemütlich ums knisternde Feuer saßen. Das Zirpen der Grillen erfüllte die Luft und es roch nach Pferden. Ab und zu hörte man ein zufriedenes Schnauben und das Scharren von Hufen.

Ramona blickte in die Flammen und hörte Patricks Stimme zu.

Er erzählte eine Geschichte aus dem Wilden Westen, in der ein Cowboy die Hauptrolle spielte. «Er band das Seil straff um den Knauf an seinem Sattel, während er das andere Ende als Lasso zu schwingen begann. ‹Jimmy Joe stiehlt man kein Pferd›, schnaubte er, während er hoch zu Ross dem Dieb hinterher jagte …»

Erfand er die Geschichte gerade? Ramona konnte es nicht sagen. Sie lächelte und ließ ihren Blick über die Kinder schweifen, die alle gespannt an Patricks Lippen hingen. Genauso stellte sich Ramona einen gemütlichen Abend in einem Sommercamp vor.

Patrick stand auf und wirbelte mit einem Arm in der Luft, als würde er ein Lasso schwingen. «Plötzlich drehte sich der Dieb auf dem Pferd zu Jimmy Joe um und zielte mit einem Colt 45 auf ihn. Jimmy Joe erschrak. Aber nicht wegen des Revolvers. Auf ihn wurde schon oft geschossen und er konnte auch wahrlich gut zurückschießen. Nein, er erschrak, weil er das Gesicht erkannte. ‹Was um alles in der Welt …›»

Plötzlich wurde Patrick von lautem Motorenlärm unterbrochen.

Ein großer Lastwagen stoppte zwanzig Meter neben

ihnen und ließ seinen stinkenden Motor laufen.

«Was um alles in der Welt?», wiederholte Patrick, aber diesmal mit seiner eigenen Stimme. «Was macht ein Lastwagen so spät am Abend in einem Kloster?»

Die idyllische Stimmung war dahin. Die Scheinwerfer überstrahlten das Licht des Feuers und der heimelige Pferdeduft wurde vom Abgasrauch verdrängt. Die Männer, die mit dem Lastwagen gekommen waren, kommunizierten lautstark miteinander.

Unmut machte sich ums Lagerfeuer breit. Sie wollten doch die Geschichte zu Ende hören! Aber Patricks Stimme hätte man wegen des Lärms auf der anderen Seite des Feuers sowieso nicht mehr gehört.

Bei Amelia und Lina wurde die anfängliche Verärgerung durch Neugier ersetzt. Was hatte dieser Störenfried zu dieser späten Stunde hier zu suchen?

Schwester Mathilda ging auf einen der Männer zu.

Amelia und Nico sprangen sofort auf und folgten ihr, was Lina mit einem Kopfschütteln quittierte. Warum musste ihre Schwester ihre Neugier immer gleich sättigen wollen?

Aber als auch Patrick, Ramona und Manuel aufstanden, folgte sie ihnen trotzdem. Neugierig war sie ja schon auch.

Einer der Arbeiter öffnete eine Seitenklappe des Lastwagens. Innen war eine große Maschine aufgebaut.

«Was machen Sie so spät bei uns im Kloster?», fragte Schwester Mathilda freundlich.

«Wir bringen Strom», erwiderte der Mann kurz angebunden.

Die Schwester schaute sich um. Die Wegbeleuchtungen funktionierten und aus einigen Fenstern schien Licht. Zu wenig Strom gab es nicht. Verwirrt fragte sie: «Wie meinen Sie das?»

«Es gab einen Stromausfall bei den Computerservern. Da die Notstromgeneratoren auch nicht funktionierten, haben sie uns hergerufen. Mit unserem mobilen Hochleistungsgenerator können wir die Stromversorgung überbrücken, bis das Problem gefunden und behoben ist», antwortete der Arbeiter. Er packte das Ende eines Kabels, das so dick war wie ein Feuerwehrschlauch, und zog es immer weiter von der Rolle.

Ramona befahl den Kindern, vom Lastwagen zurückzutreten, damit der Mann ungehindert arbeiten konnte.

Ein zweiter Mann kam ihm zu Hilfe und gemeinsam zogen sie das Monsterkabel zu einem Fenster ganz in der Nähe. Kurz darauf kletterten sie hinein und zogen das Kabel hinter sich her.

Ramona und Patrick mussten Amelia zurückhalten, damit sie den beiden Männern nicht durchs Fenster hinterher kletterte.

Nach kurzer Zeit kam der eine Arbeiter wieder zurück zum Lastwagen. Er drückte ein paar Knöpfe, worauf der Motor aufheulte. Gespannt schaute er auf die Anzeigetafel, bis er entspannt einen Schritt vom Lastwagen zurücktrat.

Patrick nutzte die Gelegenheit, um nachzufragen, was genau los war. «Warum benötigt ein Kloster mitten in der Nacht einen Computerserver? Hätte die Reparatur nicht bis morgen warten können?»

Amelia drängte sich hinzu, um trotz des Lärms das

Gespräch mitzubekommen.

Der Mann zuckte mit den Achseln. «Das hat nichts mit dem Kloster zu tun. Von außen sieht man es nicht, aber hier im Untergeschoss hat eine Computerfirma eine große Serverfarm eingerichtet.»

«Wieso um alles in der Welt stellt jemand so viele Computer in ein Kloster?», wunderte sich Ramona.

Aber im Keller des Klosters standen nicht normale Computer. Eine Internetfirma mietete die Räume und hatte diese hochmodern eingerichtet. Dort unten standen unzählige Server mit ganz viel Speicherplatz. Darauf waren Dateien von großen Firmen gespeichert, die zum Beispiel mehrere Standorte hatten und von überall her darauf zugreifen wollten. Hier waren aber auch Webseiten gespeichert, die übers Internet aufgerufen werden konnten.

Patrick und Ramona waren erstaunt, dass es hier im Kloster eine solche Computeranlage gab.

Der Arbeiter sah ihre überraschten Gesichter. «Die dicken Mauern des Klosters bieten optimalen Schutz für die sensiblen Daten. Und es ist Absicht, dass hier niemand diese Server vermuten würde. Die Firma verspricht ihren Kunden nämlich, dass ihre Daten bei ihnen sicher sind und dass sie jederzeit übers Internet zugreifen können. Deshalb ist es auch eine Katastrophe, dass es einen totalen Stromausfall gegeben hat. Es dauert Stunden, bis alle Server hochgefahren sind.»

«Aber warum hat man nicht einfach ein Stromkabel vom Kloster herübergezogen? Warum mussten Sie mit Ihrem Strommach-Dings kommen?» Ramona deutete auf den Lastwagen.

«Diese Server verbrauchen Unmengen an Strom und

wegen der vielen heißen Geräte muss der Raum auch noch gekühlt werden. Da reicht ein normales Stromkabel bei Weitem nicht aus.» Damit wandte der Arbeiter sich wieder der Schalttafel am Lastwagen zu.

Patrick erzählte die Geschichte von Jimmy Joe im Café zu Ende. Hier konnten sie dem Motorenlärm entfliehen.

Der Pferdedieb war niemand anderes als Jimmy Joes Sohn. Nachdem er ihn eingeholt hatte, stellte er ihn zur Rede: «Warum hast du mein Pferd genommen?» Noah Joe antwortete ihm: «Ich brauche heute Abend ein Reittier, aber ich hatte Angst, du würdest Nein sagen.» Noah Joe wollte an diesem Abend einen Ausflug nach Marlon City machen. Aber daraus wurde nichts. Am nächsten Tag erfuhr er, dass seine Freunde ohne ihn losgezogen waren und aus lauter Dummheit eine Postkutsche überfallen hatten. Da sie dabei erwischt wurden, war Noah Joe seinem Vater dankbar dafür, dass er ihn an diesem Abend vom Pferd geholt hatte. «Aber gesagt hat er es ihm nie. Es war ihm zu peinlich», schloss Patrick die Geschichte.

Schwester Mathilda erhob sich, um das abendliche Schlusswort zu halten. «Im Gegensatz zu Noah Joe wollen wir unserem Vater – also dem Vater im Himmel – Danke sagen. Hier im Kloster treffen wir Schwestern uns mehrmals täglich zum Beten: Am Morgen die Laudes, dann das Mittagsgebet, am späten Nachmittag die Vesper und das Abendgebet. Da reden wir zu Gott und nehmen uns die Zeit einen Psalm zu lesen oder still vor Gott zu sein. Eigentlich machen wir da nichts anderes, als was wir untereinander auch machen: Ihr habt unserer Köchin nach dem Essen so schön Danke gesagt. So sagen wir auch Gott danke für alles, was er uns Gutes tut. Ich mache jetzt das Gleiche und danke Gott zum Schluss dieses Tages für alle Erlebnisse, die wir schon zusammen haben durften, und für die Bewahrung, besonders auch beim Reiten.» Sie schloss die Augen und betete.

Nach dem Amen räusperte sich Ramona und ergriff das Wort: «Jetzt habt ihr noch eine halbe Stunde Freizeit, bis es dann ans Zähneputzen und Schlafen geht.»

Die Kinder verteilten sich schnell. Einige setzten sich an die Tische, um ein Spiel zu spielen, andere traten in den Innenhof hinaus.

Amelia rannte Nico und Manuel hinterher nach draußen.

Aber Lina hielt sie auf halbem Weg zurück. «Meli, warte. Ich habe doch einen Mann hinter den Büschen gesehen.»

«Du meinst das Gespenst?», antwortete Amelia spitzbübisch.

Lina ignorierte den Seitenhieb. «Das war doch dort in der Nähe, wo die Männer das Kabel durch das Fenster gezogen haben.»

Amelia schaute Lina mit zusammengekniffenen Augen an. «Du meinst also, dass dieser Mann etwas mit dem Stromausfall zu tun haben könnte? Hat sich da jemand böswillig zu schaffen gemacht?»

«Jetzt glaubst du mir also, dass ich jemanden gesehen habe?»

Amelia zuckte mit den Achseln. «Wenn etwas nach Abenteuer riecht, glaube ich dir alles.»

«Alles?»

«Fast alles», korrigierte sie. «Also, ich finde, wir sollten die Büsche unter die Lupe nehmen.»

Lina nickte. «Nur für alle Fälle.»

«Klar, nur für alle Fälle.»

Die beiden schlichen sich von den anderen Kindern weg und verließen den Innenhof durch den schmalen Durchgang.

Geheimnisvolle Tür

«Hast du eine Taschenlampe dabei?», fragte Amelia, nachdem sie beinahe über eine hervorstehende Wurzel gestolpert wäre. Sie hatte zusammen mit Lina den Kiesweg verlassen und tapste über den Rasen auf die Stelle zu, wo Lina den Mann zwischen den Gebüschen und der Hausmauer des Hauptgebäudes gesehen hatte.

Lina verneinte und tastete sich im Dunkel der Nacht vorwärts. Nur das Licht der Weglaterne, die in einiger Entfernung den Kiesweg beleuchtete, ließ sie einige Umrisse erkennen.

«Sollten wir zurückgehen und unsere Taschenlampen holen? Sonst finden wir sicher nichts Verdächtiges.»

Amelia erhielt keine Antwort von Lina, die abrupt stehen geblieben war.

«Was ist?», flüsterte Amelia.

«Wir werden verfolgt», hauchte Lina zurück.

Amelia schaute sich um, aber in der Dunkelheit konnte sie nichts erkennen.

Doch jetzt, hinter ihnen ein Knacken!

Die beiden Schwestern klammerten sich aneinander und konnten einen kurzen Schrei der Angst nicht unterdrücken. Sie waren weit von den anderen Kindern entfernt. Wenn ihnen jemand etwas antun wollte, wären sie komplett ausgeliefert.

Plötzlich erkannte Amelia Umrisse von zwei Personen, die sich schnell auf sie zu bewegten.

Lina und Amelia sprangen voller Angst hinter einen der Büsche und versuchten sich zu verstecken. Mit schlotternden Knien hörten sie, wie die Schritte immer näher kamen.

Plötzlich wurden sie vom grellen Licht einer Taschenlampe geblendet.

«Hey, ihr Angsthasen!»

Als Lina und Amelia die spöttische Stimme von Nico erkannten, atmeten sie erleichtert auf.

«Geht doch nachts nicht allein nach draußen, wenn ihr solche Angst habt!», foppte Nico.

«Ihr hättet uns ja rufen können, anstatt uns so blöd hinterherzuschleichen!», gab Amelia verärgert zurück.

«Nein, es wäre zu schade gewesen, wenn wir eure ängstlichen Gesichter verpasst hätten. Mann, ihr hättet euch sehen sollen!», sagte Manuel lachend, der ein wenig aufgetaut war.

Die beiden Jungs schauten sich an und prusteten los. Als sie sich wieder erholt hatten, fragte Nico: «Was macht ihr überhaupt hier draußen?»

Lina holte Luft und schluckte ihren Ärger herunter. «Lacht aber nicht noch einmal so doof. Ich habe den Verdacht, dass der Mann, den ich heute beim Reiten gesehen habe, etwas mit dem Stromausfall bei den Computerservern zu tun hat. Der Raum befindet sich direkt hinter dieser Mauer. Vielleicht finden wir ja eine Spur.»

Nico und Manuel waren so nett und blieben ernst. Wahrscheinlich fanden sie es auch spannend, um diese späte Uhrzeit einer geheimnisvollen Spur nachzugehen.

Lina führte die drei zu der Stelle, wo sie den Mann gesehen hatte. Die verschieden großen Pflanzen, die die ganze Hauswand säumten, warfen im schwachen Mondlicht merkwürdige Schatten an die Wand und der Motorenlärm des Stromgenerators überdeckte alle Nachtgeräusche.

Lina schauderte. Auch wenn die Jungs sie manchmal

nervten, war sie nun doch froh, dass sie zu viert waren.

Nico stand unschlüssig herum.

«Mach dich mit deiner Taschenlampe zur Abwechslung mal nützlich und leuchte da hin!», erteilte Amelia das Kommando.

Nico murmelte etwas Unverständliches und machte sich auf die Suche nach allem, was ungewöhnlich aussah.

«Ich hab was gefunden!», rief Manuel nach einer Weile.

Die drei anderen eilten herzu, aber sie sahen nur Manuels Hintern, der zwischen Ästen und Blättern herausragte.

«Was siehst du?», wollte Nico wissen.

«Da hinten in der Hauswand befindet sich eine kleine Metalltür. Etwa einen halben Meter hoch und breit», hallte es aus den Blättern.

«Wie hast du die da hinten gefunden? Die ist ja super gut versteckt», fragte Amelia.

«Da lagen zwei abgebrochene Äste und ein paar frische Blätter auf dem …» Seine Stimme versagte, als er versuchte, rückwärts aus dem Gebüsch zu kriechen.

Sobald er draußen war, schnappte Amelia Nico die Taschenlampe aus der Hand und kroch selber unter den Zweigen hindurch.

«Hey, das ist meine Lampe!», protestierte dieser.

Aber Amelia ging nicht darauf ein. «Die Tür ist vor Kurzem geöffnet worden!»

«Woher weißt du das?», rief Lina durch die Blätter.

«Das Tor hat beim Öffnen die oberste Schicht der Erde weggeschoben …» Plötzlich schrie Amelia auf. Hastig kroch sie rückwärts unter dem Gebüsch hervor.

«Was hast du?», fragte ihre Schwester aufgeregt.

«Da … da …», stotterte Amelia, «da ist ein Regenwurm unter meiner Hand hervor gekrochen!»

Die beiden Jungs lachten.

«Hört auf! Das war wirklich gruselig.»

Nico fasste sich wieder. «Wenn da noch Regenwürmer herumkriechen, bedeutet das, dass ihr Erdreich erst heute Abend gestört wurde.»

«Vielleicht vor zwei Stunden?», fragte Lina mit einem schnippischen Unterton.

Manuel nickte. «Also gut, wir sehen es ein: Es könnte sein, dass du da jemanden gesehen hast.»

«So ist es.» Lina zuckte gespielt gleichgültig mit der Schulter.

Die anderen schauten sie einen kurzen Augenblick reumütig an, bis Amelia plötzlich in die Hände klatschte. «Jetzt haben wir genug herumgetrödelt. Los, Nico, versuch die Tür aufzumachen.»

«Warum nicht du?», erwiderte dieser.

«Ich krieche da nicht noch einmal durch», antwortete Amelia bestimmt.

Nico stutzte. «Aber ich soll dann?»

«Ich dachte, du hast im Dunkeln vor nichts Angst.»

Lina wurde das zu doof. «Hört doch auf. Wir sollten uns beeilen. Bald müssen wir in den Schlafräumen auftauchen.» Sie schaute die anderen streng an, die sofort zustimmend nickten. «Los, jemand muss jetzt da durchkriechen und schauen, ob die Tür aufgeht!»

Als sich niemand von der Stelle rührte, bückte sich Manuel und zwängte sich erneut zwischen den Ästen hindurch.

Gespannt warteten die anderen.

«Geht sie auf?», wollte Nico wissen.

Ein lautes Quietschen, das ihnen durch Mark und Bein fuhr, beantwortete die Frage eindeutig. Hoffentlich hatte das niemand gehört.

«Wir müssen vorsichtiger sein», mahnte Lina. «Wir wollen ja keinen Ärger bekommen.»

«Soll ich da mal reinkriechen?», fragte Manuel durch die Blätter. «Ich sehe eine Treppe und da kann man sogar stehen.»

«Wenn du dich traust», antwortete Lina.

Das war für Manuel Ansporn genug. Er zwängte sich durch die Tür und richtete sich auf der anderen Seite auf. «Das geht ganz gut. Kommt ihr auch?», hallte es aus dem kleinen Eingang.

Die anderen folgten ihm und zuletzt kroch auch Amelia wieder durch den Blättertunnel hindurch.

«Ich dachte, dass du nicht mehr bei deinem Freund, dem Regenwurm, durchkriechen willst», stichelte Nico freundschaftlich.

«Du weißt, dass ich dich mit nur einem Handgriff diese Treppe hinunterstoßen könnte», antwortete Amelia mit einem Grinsen.

Er lächelte und leuchtete mit der Taschenlampe die Treppe hinunter. Die Wände waren aus ungeschliffenem Stein, sahen kalt und nicht einladend aus. Auf den Stufen lagen sandiger Schmutz und vermoderte Blätter. Am Ende der Treppe begrüßte sie die Dunkelheit.

«Kann ich dir helfen?», rief Patrick und holte Ramona ein, nachdem er das Lagerfeuer korrekt gelöscht hatte.

Sie balancierte einen großen Stapel von Utensilien auf den Armen, die sie vom Stall zurück in die Unterkunft bringen wollte. «Es geht schon, danke.»

«Das sehe ich», antwortete Patrick, als beinahe ein Ordner zu Boden gefallen wäre. «Ich nehme dir etwas ab.» Er griff nach dem Ordner und dem Reithelm.

«Danke», stammelte sie und seufzte. Warum war er nur so nett zu ihr? Und warum fragte sie sich das überhaupt?

Um die peinliche Stille, die sich ausbreitete, zu unterdrücken, fragte sie: «Habt ihr das mit dem Beten jeweils mit Ingrid auch so gemacht?»

«Ja, klar», antwortete er, während er neben ihr herging. «Wir sind hier in einem Kloster. Da wird man wohl noch beten dürfen, oder?» Er lachte.

«Natürlich.»

«Betest du denn nie?», fragte er sie unvermittelt.

«Natürlich bete ich», gab Ramona genervt zurück. Es stimmte ja auch. Sie sagte Gott immer wieder, wie sie sich gerade fühlte oder wenn sie seine Hilfe gebrauchte.

Patrick blickte sie von der Seite an. «Dann kannst du das morgen Abend ja übernehmen.»

Ramona schluckte leer. «Nun, so öffentlich zu beten bin ich nicht gewohnt. In meiner Familie haben wir das nie gemacht.»

Patrick stutzte. «Wie bist du dazu gekommen zu beten, wenn ihr das in der Familie nicht gemacht habt?»

«Das habe ich bei Ingrid gelernt. Eine lange Geschichte …»

Einige Kinder kamen auf sie zu und sagten, dass

Schwester Mathilda noch etwas von einem Dessert gesagt hätte.

«Das gibt's im Café», erklärte Patrick den Kindern, die sofort in die entsprechende Richtung davonrannten. Dann wandte er sich wieder Ramona zu. «Die Geschichte interessiert mich. Erzähl mir doch einmal davon! Aber jetzt ist es wohl besser, wenn ich mal im Café nach dem Rechten schauen gehe.» Er setzte den Ordner und den Helm vorsichtig zurück auf den Rest, den Ramona auf ihren Armen trug. «Kommst du anschließend auch rüber?»

Ramona nickte. Bevor er aber losgehen konnte, hatte sie ihm noch etwas zu sagen. Ihr Vater hatte mit einer freudigen Nachricht angerufen. Einer seiner Freunde suchte dringend eine neue Mitarbeiterin. Ramona durfte sich morgen Vormittag vorstellen gehen. «Ich bin gegen halb zehn Uhr zurück. Kommst du bis dahin ohne mich klar?»

«Natürlich. Sag mir einfach, was wir in der Zwischenzeit bei den Pferden vorbereiten können», rief er ihr beim Weggehen mit einem Lächeln zu. Er konnte sich vorstellen, wie wichtig eine neue Arbeitsstelle für sie war.

Ramona schaute ihm noch kurz hinterher, bevor sie sich dem Eingang zu den Schlafräumen zuwandte. Diese ernsthafte Seite von Patrick gefiel ihr.

Nico war mit seiner Taschenlampe als Erster unten an

der Treppe angekommen.

Eine merkwürdige Spannung lag in der Luft, als ihm die anderen drei folgten.

Lina fragte leise: «Seid ihr auch nervös?»

Sie nickten und Nico fügte hinzu: «Aber auch gespannt wie ein Flitzebogen!»

Er drehte an seiner Taschenlampe, sodass der Lichtpegel etwas sanfter wurde und sich besser im langen Gang verteilte. Die Steinwände waren grau und uneben. An vielen Stellen waren dunkle Flecken zu sehen. Der Boden war genau wie die Treppe auch mit viel Staub und Sand übersät.

Plötzlich hielt Lina eine Hand ans Ohr und flüsterte: «Hört ihr das?»

Sie blieben für eine kurze Zeit stehen und horchten.

Kein Mucks war zu hören, was die Stimmung noch unheimlicher machte.

«Ich höre nichts», antwortete Amelia.

Die vier schlichen vorsichtig den Gang weiter, bis sie nach ein paar Metern auf der linken Seite eine Tür erspähten. Das Eisen der Tür war alt und dunkel. An einigen Stellen hatte sich Rost ausgebreitet.

Nico hielt sein Ohr an die Stelle, die am saubersten aussah, und lauschte.

Die anderen schauten ihn erwartungsvoll an.

Aber er schüttelte den Kopf. «Ich höre nichts.»

«Kannst du sie öffnen?», wollte Manuel wissen.

«Warte!», rief Amelia, als Nico zur Falle griff. «Was ist, wenn Fledermäuse herausfliegen und uns angreifen?»

Nico verdrehte die Augen. «Fledermäuse greifen doch keine Menschen an.» Er drückte die Falle hinunter, aber die Tür war abgeschlossen.

Was sich wohl dahinter befand?

«Weiter?», fragte Nico. Als niemand antwortete, setzte er den Weg durch den dunklen Tunnel fort.

Keiner wollte hinten gehen, deshalb hielten sich alle nahe beieinander.

Nach ein paar Schritten endete der Gang und es führten zwei neue links und rechts weg.

Nico leuchtete mit der Taschenlampe unentschlossen in beide Richtungen. Aber auf beiden Seiten sah es genau gleich aus: alte Steinwände, die sich im Dunkeln verloren.

Aber plötzlich hielt Lina wieder inne. «Hört ihr das auch?»

«Was denn?», wollte ihre Schwester wissen.

«Ein leises Donnern.»

«Also ich höre nichts», entgegnete Nico und die anderen stimmten ihm zu.

Aber Lina blieb dabei. «Es könnte auch ein Murmeln sein. Es kommt aus dieser Richtung.» Sie zeigte nach rechts. «Gehen wir zuerst da lang?»

Nico bog als Erster in den vorgeschlagenen Gang ein. Dabei stieß er mit seinem Fuß an einen kleinen Stein, der daraufhin ein paar Meter durch den Gang rollte.

Das Poltern des Steins hallte laut von den kahlen Wänden.

«Pass doch auf!», flüsterte Lina energisch. «Es ist besser, wenn wir zuerst entdecken, was hier unten los ist, bevor wir entdeckt werden.»

«Sorry, hab den Stein nicht gesehen», entschuldigte er sich.

Plötzlich hörten sie aus dem Gang vor ihnen ein seltsames Geräusch.

Die vier Kinder erstarrten und schauten gebannt in die Dunkelheit.

Nico leuchtete schnell nach vorn, aber er sah nichts Auffälliges.

Dafür hörten sie wieder das Rascheln und dann plötzlich ein Kratzen!

Amelia klammerte sich an Lina. «Was ist das?»

«Vielleicht nur ein Tier», antwortete Manuel, der am wenigsten Angst zu haben schien.

«Hier unten?», wunderte sich Amelia ängstlich.

«Ja, eine Maus oder so», antwortete er.

«Oder eine Spinne», mutmaßte Nico.

Lina schüttelte den Kopf. «Eine Spinne macht doch keine so lauten Geräusche.»

«Vielleicht ist es ja eine ganz, ganz große Spinne! Huuu!» Nico ahmte mit Armen und Beinen eine Riesenspinne nach und machte dazu unheimliche Geräusche.

Amelia klammerte sich noch mehr an Lina.

Diese zischte Nico an: «Hör auf, wir müssen zusammenhalten!»

«Schon gut», entgegnete er und leuchtete wieder den Gang entlang. «Dann wollen wir mal die riesige Spinne vertreiben! Husch, husch.» Er grinste.

Lina und Amelia schnaubten.

Manuel übernahm die Führung und ging voran, während Nico von hinten den Weg leuchtete.

«Da vorn ist etwas am Boden!», flüsterte Manuel. «Ein Blatt Papier oder so.»

Zwei Meter vor dem Papierfetzen hielten sie an.

Es war wieder ganz still.

«Das Geräusch muss von hier gekommen sein», mutmaßte Manuel.

Lina ging auf das Papier zu und stieß es vorsichtig mit dem Fuß an.

Ein schrilles Piepen durchfuhr die Stille.

Die vier sprangen entsetzt zurück.

Vor ihnen huschte eine Ratte über den steinernen Boden und verschwand in einem großen Loch in der Wand.

«Eine Ratte also», verkündete Manuel. «Nico, halte bitte die Taschenlampe ruhig, damit wir etwas sehen können.»

«Es geht nicht», antwortete Nico mit zittriger Stimme, die auf eine noch zittrigere Hand schließen ließ.

Manuel nahm ihm die Lampe ab und lachte. «Wer hätte das nach deiner Riesen-Spinnen-Show von vorhin gedacht?»

Die beiden Mädchen genossen die Vorstellung von einer Ratte in diesem Gang auch nicht, aber die Tatsache, dass Nico noch mehr Angst hatte als sie, entlockte ihnen auch ein Schmunzeln.

«Lacht doch nicht! Wo *eine* Ratte ist, sind bestimmt noch mehr davon! Kommt, wir gehen zurück.»

«Bis zu dieser Tür dort vorn gehen wir noch», sagte Manuel, während er auf die Metalltür leuchtete, die ihnen weiter vorn den Weg versperrte.

«Nein, ich kehre jetzt um. Ich bin für die jahrhundertealten Klosterleichen hier unten nicht verantwortlich», entgegnete Nico und drehte sich um.

«Du hast doch nur Angst, dass die Ratte wieder aus dem Loch kriecht und uns den Rückweg abschneidet», foppte Manuel.

«Was ist, wenn sie alle ihre Kameraden holt? Was machen wir dann?» Nicos Stimme vibrierte, was Amelia trotz der gruseligen Atmosphäre amüsierte. Sie fand es ja auch langsam unheimlich hier, aber sie hätte Nico etwas mehr zugetraut.

Die Mädchen folgten Manuel, der nun auf die Tür zuging.

Plötzlich stoppte Manuel abrupt, sodass die anderen in seinen Rücken prallten.

«Was ist?», sagte Lina atemlos.

«Psst! Jetzt habe ich es auch gehört – das Murmeln!»

Sie spitzten die Ohren und lauschten. Tatsächlich. Durch die Tür drangen Stimmen zu ihnen herüber.

«Befindet sich da hinten ein geheimer Keller?», fragte Amelia flüsternd.

Manuel schüttelte den Kopf. «Ich denke eher, dass sich irgendwo hier unten diese Computerserver befinden. Wenn wir ganz leise sind, können wir an der Tür horchen. Vielleicht verstehen wir ja etwas. Und dann gehen wir zurück.»

Da bei Amelia die Neugier überwog, stimmte sie ihm zu. «Die sind uns sicher dankbar, wenn wir ihnen von dem Mann erzählen, den wir oben bei den Büschen gesehen haben.»

«Den *ich* gesehen habe», korrigierte sie ihre Schwester.

«Ist doch nicht so wichtig, wer was gesehen hat. Am Ende sind wir die Helden des Klosters, weil wir ihnen helfen konnten!»

Lina verdrehte die Augen. «Also gut, wir hören eine

Minute zu und dann sind wir weg.»

Nico wollte noch etwas erwidern, aber Amelia stoppte ihn mit einem scharfen «Scht!»

Manuel schlich vorsichtig zur Metalltür. Diese war in einem besseren Zustand, als es die andere weiter vorn gewesen war. Sie wies keine Rostflecken auf und das Metall glänzte sogar an einigen Stellen.

Kurz davor blieb er ganz ruhig stehen. Er hörte mindestens drei unterschiedliche Männerstimmen. Er verstand nicht genau, was sie sagten, aber sie schienen über technische Dinge zu reden.

Nach einer Weile schlich er zu den anderen zurück. «Die Männer hören sich nicht verdächtig an. Die sind bestimmt von der Computerfirma. Also, gehen wir zurück, sonst verpassen wir noch das Dessert bevor es Zeit für die Nachtruhe ist.»

«Wer hat etwas von Dessert gesagt?», wunderte sich Lina.

«Schwester Mathilda hat es angekündigt, als ihr schon weg wart», antwortete Manuel.

«Ihr Jungs denkt wirklich immer nur ans Essen», bemerkte Amelia.

«Und ihr denkt dafür immer ans Gewicht», konterte Nico, worauf Manuel schnell sagte: «Das war jetzt aber nicht nett.»

«Nein, das war nicht nett», pflichtete Amelia ihm bei.

«Ihr Mädchen dürft alles sagen, aber wenn wir Jungs mal etwas sagen, dann seid ihr direkt eingeschnappt», wehrte sich Nico.

«Das ist etwas anderes», entgegnete Lina.

«Und warum?»

«Nicht jetzt», flüsterte Manuel scharf. «Nimm die Taschenlampe und geh voraus.»

Als Nico in den Gang zurück leuchtete, schrie Amelia laut auf und Nico ließ die Lampe vor Schreck fallen.

Vor ihnen auf dem Boden gingen mehrere Ratten hin und her. Wie viele es genau waren, wussten sie nicht, da die Lampe beim Aufprall auf dem Boden ausging und die Kinder nun im Dunkeln standen. Aber vier waren es bestimmt.

Manuel schüttelte genervt den Kopf. «Jetzt haben wir den Dreck. Und nur weil ihr euch nicht zusammenreißen könnt. Hast du die Taschenlampe wieder?»

«Ich greife sicher nicht danach!», entrüstete sich Nico. «Es hat sich bestimmt schon eine Ratte draufgestürzt!»

Amelia fragte etwas ängstlich: «Wo bist du, Lina?»

«Hier.»

Manuel seufzte. «Warte, ich komme im Schein meines Handys zu dir.»

Während er sich an den beiden Mädchen vorbei zu Nico quetschte, wurde ihnen plötzlich bewusst, dass es nun unangenehm still geworden war. Woran lag das?

Die Stimmen hinter der Tür waren verstummt!

Oh nein, das bedeutete nichts Gutes!

Auf einmal quietschte die Tür hinter ihnen und helles Licht fiel in den Gang ein.

So schnell sie konnten, rannten die Kinder durch den Tunnel zurück.

«Halt! Stehen blieben!», hallte eine Männerstimme von den Steinmauern.

Drei Gestalten stürmten durch die offene Tür und verfolgten die Kinder.

Bei der Kreuzung zögerte Nico einen kurzen Moment.

Die andern drei bemerkten es zu spät, sodass sie ihn überrannten und alle der Länge nach zu Boden fielen.

Sofort wurden sie unsanft gepackt und aufgerichtet.

Zwei Männer hielten je einen der Jungen und der dritte die beiden Mädchen.

Ein breitschultriger Kerl spuckte auf den Boden. «Das sind ja nur Kinder!»

«Egal, wir nehmen sie mit zum Chef! Da habt ihr euch aber einen ganz dummen Scherz erlaubt! Das wird euch teuer zu stehen kommen!», schnaubte der andere.

Sie zerrten die Kinder durch den Gang.

«Wie habt ihr das gemacht?», fragte der Breitschultrige schimpfend, «wie habt ihr die ganze Anlage lahmgelegt?»

Nico stammelte etwas davon, dass sie das doch gar nicht waren, während er vor dem Mann her stolperte.

Vom Licht geblendet sah Amelia nur Umrisse von irgendwelchen Apparaten, als sie in den Raum hinter der Tür geschoben wurde. Dann wurden sie in einen anderen Raum geschleppt und dort losgelassen. Die Tür fiel ins Schloss und die Kinder standen wieder im Dunkeln.

Sie hörten, wie außen ein Riegel vorgeschoben wurde.

Erstarrt standen sie da.

«Was tun wir jetzt?», fragte Amelia mit leicht zittriger Stimme.

«Hier übernachten», sagte Nico mit überspitzt zynischem Unterton.

«Ich kann nicht hier bleiben!», rief Amelia entsetzt aus.

Manuel schaltete das Licht seines Handys wieder ein. «Sicher müssen wir nicht lange hier bleiben», sagte er in beruhigendem Tonfall.

Amelia war ganz aufgebracht. «Wenn Nico seine Taschenlampe nicht fallengelassen hätte, hätten sie uns sicher nicht gehört.»

«Hallo?!», entrüstete sich der Junge. «Wer hat denn so laut gekreischt?»

Manuel stellte sich beschwichtigend zwischen die beiden. «Wenn wir ihnen erklären, wieso wir hier unten waren und was wir gesehen haben …»

Lina hustete künstlich.

«… was Lina gesehen hat, dann werden sie uns schon wieder gehen lassen.»

«Denken die etwa, wir sind für den Stromausfall verantwortlich?», fragte Lina.

Manuel nickte. «So sieht es aus. Aber das können wir ja aufklären. Also keine Sorge.»

Wenigstens hatten sie einander. Auch wenn sie sich zwischendurch neckten, waren doch alle froh um die anderen.

Obwohl die vier Eindringlinge nur fünf Minuten warten mussten, kam es ihnen in diesem dunklen Raum wie eine Ewigkeit vor.

Plötzlich fragte Amelia: «Warum können zwei Jungs

wie ihr eigentlich reiten? Habt ihr selber Pferde zu Hause?»

«Nein, meine Großmutter hatte Pferde. Schon als kleine Jungen spielten wir Cowboys und sind über den ganzen Bauernhof geritten», erzählte Nico.

«Deine Großmutter und du?»

«Nein, Manuel natürlich. Er wohnt direkt neben meiner Großmutter. Aber jetzt kann sie sich nicht mehr um die Pferde kümmern und hat sie verkauft. Darum haben wir uns für das Camp angemeldet.»

«Um hier Cowboys zu spielen?», foppte Amelia.

Draußen vor der Tür waren Schritte zu hören.

Die Tür wurde geöffnet und ein Schalter betätigt. Der kleine Raum wurde augenblicklich von Licht erfüllt.

Lina rollte mit den Augen. Warum hatten sie nicht selber nach einem Lichtschalter getastet?

Als sich ihre Augen an das helle Licht gewöhnt hatten, erkannte sie vor sich einen Mann, der sie finster musterte. Er trug einen schwarzen Anzug mit einer graukarierten Krawatte und sah sehr wichtig aus.

Hinter ihm standen zwei der Männer, die sie eingesperrt hatten.

Der Mann mit der Krawatte donnerte los: «Wer seid ihr?! Was macht ihr für einen Unfug?!»

Die Kinder starrten ihn betroffen an, dann antwortete Nico: «Wir sind ...»

Aber der Mann ließ ihn nicht ausreden: «Wie seid ihr hereingekommen? Der einzige Eingang ist gut bewacht!» Der Mann schaute die Kinder drohend an. «Was ihr mit dem Stromausfall angerichtet habt, ist kein Lausbubenstreich, das ist bitterer Ernst!»

Nico wollte sich verteidigen, aber der Mann schnitt

ihm erneut das Wort ab. «Wisst ihr, wie teuer das wird? Da werden eure Eltern tief in die Brieftaschen greifen müssen! Über diese Computer läuft zum Beispiel das Reservationssystem eines großen Kinokomplexes. Die konnten etliche Reservationen nicht entgegennehmen. Die werden Schadenersatz fordern! Gegen einen solchen Ausfall ist das System mehrfach abgesichert, das kann eigentlich gar nicht passieren – außer jemand macht sich mit böser Absicht ans Werk.» Er holte Luft. Sein Gesicht war tiefrot. «Und überhaupt war das sehr gefährlich, was ihr gemacht habt! Ihr hättet euch an den Elektroinstallationen einen tödlichen Stromschlag einfangen können! Und wenn ...» Der Mann ratterte weiter.

Irgendwann hielt es Lina nicht mehr aus. Es konnte nicht sein, dass dieser Mann sie für etwas beschuldigte, das sie nicht getan hatten. Als er nach ihrem dritten Versuch etwas zu sagen, immer noch nicht aufhörte zu reden, rief sie: «Hey, wenn Sie uns vielleicht mal erklären lassen wollen!»

Der Mann verstummte abrupt und durchbohrte Lina mit einem stechenden Blick.

Sie nahm allen Mut zusammen. «Wir haben überhaupt nichts mit dem Stromausfall zu tun! Im Gegenteil: Wir haben jemanden beobachtet, der das gewesen sein könnte!»

Als er sie nur mit einem fragenden Blick anschaute, fuhr sie fort: «Wir sind Teilnehmer des Reitcamps und wir haben heute Abend einen Mann gesehen, der sich draußen hinter den Büschen versteckt hatte.»

Manuel fuhr fort: «Als wir später dort vorbeischauten, haben wir die kleine Tür entdeckt und weil sie nicht abgeschlossen war, haben wir uns ein wenig in den Gängen hier unten umgesehen. Das ist alles.»

Da fand der Mann endlich seine Sprache wieder: «So ein Unsinn. Ihr müsst mir doch keine Märchen erzählen! Der einzige Eingang ist gut bewacht. Habt ihr einen Zugangsbatch gefunden und seid mit diesem hereingekommen?»

«Eh, Boss», schaltete sich der Breitschultrige ein, «mit dem Batch allein kommt man nicht herein. Dazu braucht man noch den Schlüssel und das Passwort.»

«Nein, da oben hinter den Büschen ist wirklich eine kleine Tür», bekräftigte Lina ihren Standpunkt.

«So ein Unsinn!», polterte der Boss wieder. «Wo sollte die Tür denn sein? Davon haben wir noch nie etwas gehört.»

Lina sah hilfesuchend zu Manuel hinüber. Sie wusste nicht, wie sie den Weg zu dieser Tür beschreiben sollte.

Manuel rettete sie und erklärte vage, wie man durch die dunklen Gänge und die Treppe hoch bis zur Tür gelangen konnte.

Der wichtig aussehende Mann schickte einen seiner Angestellten los, um die Tür zu finden. Der zweite sollte einen Verantwortlichen vom Reitcamp herholen. Die beiden verschwanden durch die Tür.

«Wenn das eine Lüge war … dann …» Der Boss zeigte mit dem Finger drohend auf jedes einzelne von den Kindern.

Diese schwiegen und starrten den Mann trotzig an.

Der Chef nahm sein Smartphone hervor und tippte darauf herum, steckte es aber bald wieder in die Hosentasche zurück.

Nach einer Weile der Stille ergriff Amelia das Wort: «Was ist eigentlich kaputt gegangen?»

Der Mann blickte sie mit zusammengekniffenen Augen an. Schließlich antwortete er: «Jemand hat sich an der Stromverteilung und am Stromgenerator zu schaffen gemacht. Eigentlich kann gar niemand in den Serverraum eindringen. Der Zugang ist drei- oder vierfach abgesichert. Wenn das mit der Tür stimmt, muss der Übeltäter jemand sein, der das Kloster besser kennt als die Ordensschwestern selber. Es muss jemand sein, der im Besitz der alten Pläne des Klosters ist.»

«Vielleicht hat jemand die Tür ganz zufällig gefunden, wie wir», gab Nico zu bedenken, der nun langsam auftaute.

Der Mann schüttelte den Kopf. «Spätestens bei unserer Metalltür, da wo wir euch gehört haben, wäre für diese Person Endstation gewesen. Nur jemand mit den Plänen kann von dort über den Lüftungsschacht in den Versorgungsraum gelangen. Das ist ein echtes Labyrinth!»

Lina atmete auf. Sie war froh, dass der wichtig aussehende Mann nicht mehr ganz so streng mit ihnen redete.

Da kam der Breitschultrige zurück.

«Hast du die Tür gefunden?», fragte der Chef.

Leicht außer Atem antwortete er: «Nein.»

Wütend drehte sich der Boss zu den Kindern um. «Also doch nur ein Märchen! Jetzt sagt ihr mir, wie ihr hier hereingekommen seid!»

Der Breitschultrige klopfte seinem Boss vorsichtig auf die Schulter.

«Was ist?», fragte dieser genervt.

«Es sind so viele Gänge hier unten! Es ist ein Wunder, dass ich überhaupt zurückgefunden habe», stotterte der Breitschultrige verlegen, «aber ich kann nicht mit Sicherheit behaupten, dass es nicht doch irgendwo eine Tür gibt.»

«Ahhh», machte sich der Chef seinem Ärger lautstark Luft.

Seinem Angestellten war anzusehen, dass es nicht immer einfach war, für ihn zu arbeiten.

Der Chef zeigte auf Manuel. «Du kommst mit mir mit und zeigst mir die Tür!»

Aber bevor Manuel sich bewegen konnte, trat Patrick gefolgt von dem zweiten Angestellten durch die Tür.

Die Kinder waren erleichtert, ihn zu sehen.

Er schaute verwundert in die Runde und sah am Ende Lina fragend an.

Diese verzog aber nur entschuldigend das Gesicht und zuckte mit den Schultern.

«Sind Sie für diese … eh, Kinder verantwortlich?»

Patrick nickte. «Was ist passiert?»

Der Boss zeigte erneut mit seinem langen Finger auf die Kinder. «Wir haben sie erwischt, wie sie durch die Gänge schlichen. Können Sie bestätigen, dass sie Teilnehmer aus Ihrem Reitcamp sind?»

Patrick schien immer noch nicht ganz zu verstehen, aber nickte und antwortete: «Ja, sie gehören zum Camp. Was ist genau das Problem?

Der Boss verzog verächtlich den Mund. «Wir haben den Verdacht, dass Ihre Kinder den Stromausfall verursacht haben. Ich vermute, dass sie vor zwei Stunden schon einmal hier gewesen sind und das Übel angerichtet haben.»

Patrick schaute stutzig zu den Kindern. Mit einer

solchen Anschuldigung hatte er nicht gerechnet. Er dachte kurz nach und sagte dann erleichtert: «Das kann nicht sein. Ich kann Ihnen versichern, dass die Kinder die ganze Zeit vom Abendessen um sechs Uhr, bis der Lärm ihres Lastwagens vor einer halben Stunde losbrach, betreut gewesen sind.»

«Sind Sie sich da ganz sicher?»

«Ja, voll und ganz. Zuerst waren sie mit einer Betreuerin und den Pferden auf einem Ausritt und direkt anschließend saßen sie bei mir am Lagerfeuer.»

Der Boss machte eine Handbewegung, als wollte er etwas wegwerfen. «Okay, ich glaube Ihnen.»

Die Kinder atmeten erleichtert aus.

Nico machte einen Schritt nach vorn. «Können wir jetzt gehen?»

Patrick blickte fragend zu dem Mann mit der Krawatte.

Dieser nickte. «Aber wir wären froh, wenn ihr uns die Tür zeigen und uns den Mann beschreiben könnt, den ihr gesehen habt.»

«Natürlich! Wir sind ja von Anfang an wegen nichts anderem hier hergekommen», erklärte Amelia begeistert.

Der Boss nickte und verabschiedete sich von Patrick: «Lassen Sie die Kinder, oder zumindest diese vier, besser nicht mehr unbeaufsichtigt herumlaufen. Wer weiß, vielleicht ist der Übeltäter noch in der Gegend.»

Nach weiteren zehn Minuten waren auch die vier Kinder fertig und wurden vom Breitschultrigen zum regulären Eingang begleitet.

Amelia runzelte die Stirn. Der Boss hatte sich nicht einmal dafür entschuldigt, dass er sie fälschlicherweise beschuldigt hatte. Gut, sie hatten sich ja auch nicht dafür entschuldigt, dass sie sich einfach in den Keller geschlichen hatten.

Manuel und Nico staunten, was es in diesem Keller alles zu sehen gab! Unzählige Schränke voll von Computern und anderen Geräten, aufgereiht in Kolonnen, und das in mehreren riesigen Räumen. Überall blinkte es und da und dort war ein Piepen zu hören.

Nachdem sie durch zwei Hochsicherheitstüren hindurchgetreten waren, standen sie vor einer ganz gewöhnlichen Tür.

Als der Breitschultrige sie öffnete, traten sie ins Freie.

Jetzt wusste Amelia, wohin die Tür geführt hatte, die sie auf ihrer Entdeckungstour am Mittag verschlossen und ohne Türschild vorgefunden hatten. Lina hatte Recht. Hinter dieser Tür verbarg sich tatsächlich ein großes Geheimnis.

Nico stieß Amelia an und machte eine fast unmerkliche Kopfbewegung nach links. «Schau, dort steht der Künstler.»

Sie blickte unauffällig zu ihm hinüber.

«Was hat er gegen uns, dass er uns so merkwürdig anschaut?»

Amelia sah es auch. Sein Blick war grimmig. Oder sogar einschüchternd. Wollte er ihnen womöglich drohen? Hastig wandte sie den Blick von ihm ab und flüsterte Nico zu: «Am Ende war er es!»

«Womöglich hat er gemerkt, dass wir ihn bei den Büschen gesehen haben», er schielte verstohlen zu Lina hinüber, «also dass jemand von uns ihn gesehen hat. Jetzt will er uns zu verstehen geben, dass wir ihn nicht verraten dürfen!»

Amelia pflichtete ihr aufgeregt bei: «Ja, das ergibt Sinn! Er sieht auf jeden Fall sehr verdächtig aus! Was meinst du, Lina? Könnte der Mann hinter den Büschen der Künstler gewesen sein?»

Lina dachte nach. «Keine Ahnung. Das ging so schnell.»

In diesem Augenblick kam ihnen Patrick über den Platz entgegen und führte sie die Treppe hinauf ins Schlafquartier. Diese befanden sich im zweiten Obergeschoss der Klosterherberge.

«Ich kann es kaum erwarten, den anderen von unserem Abenteuer zu erzählen!», rief Amelia, während sie die Treppen hochstiegen.

«Nein, Amelia», entgegnete ihre Schwester, «das behalten wir lieber für uns.»

Nico und Manuel stimmten ihr zu.

Enttäuscht schlich Amelia davon.

Die anderen wünschten sich eine gute Nacht.

Die beiden Jungs gingen in die eine Richtung und Lina ihrer Schwester hinterher in die andere.

Dienstagvormittag

Ein Besucher im Krankenhaus

Nach dem Frühstück im Café, das Ramona ausnahmsweise vor den Kindern eingenommen hatte, eilte sie zurück auf ihr Zimmer. Es war ihr zuwider, die sportlichen Kleider gegen die schicke Bluse auszutauschen. Aber für ein Bewerbungsgespräch musste man sich nun einmal von der besten Seite präsentieren. Sie hoffte, dass sie die Stelle kriegen würde. Es war geplant, dass sie so bald wie möglich die Weiterbildung zur diplomierten Personalmanagerin absolvierte. Anschließend sollte sie die kleine Personalabteilung im Betrieb ihrer Eltern übernehmen. Aber um die Weiterbildung antreten zu können, musste sie Berufserfahrung in einer Personalabteilung vorweisen können. Und die ihr nun angebotene Stelle erfüllte alle Kriterien!

Vom Fenster aus sah Ramona zu den Stallungen hinüber. Wie viel lieber würde sie dort unten mit den Pferden arbeiten! Aber jetzt musste sie gut aussehen und auch gut auftreten!

Zwei Teilnehmerinnen erkannten die verwandelte Ramona nicht, als sie auf dem Vorplatz an ihnen vorbei zu ihrem Auto eilte.

Der Personalchef Stefan Bauer empfing Ramona in einem stilvoll eingerichteten Sitzungszimmer. Neben der

Tür standen auf einem kleinen Korpus eine Kaffeemaschine und ein Wasserspender. Herr Bauer ließ Ramona einen Kaffee in eine teure Tasse laufen, während er sich dafür bedankte, dass sie so kurzfristig kommen konnte.

Sie setzte sich an den ovalen Besprechungstisch aus hellem Holz und blickte sich um. Würde sie hier vielleicht bald regelmäßig ein- und ausgehen?

Herr Bauer stellte den Kaffee vor Ramona ab und setzte sich ihr gegenüber hin. Er erzählte, dass die Firma den Zuschlag für einen großen Auftrag erhielt. Für einen bekannten Getränkehersteller würden sie Maschinen herstellen, die dann auf der ganzen Welt eingesetzt werden sollten. «Jetzt müssen wir innerhalb kürzester Zeit das Personal massiv aufstocken. Darum benötige ich auch bei mir im Personalbüro so schnell wie möglich Unterstützung. Als dein Vater mir sagte, dass du zurzeit keinen Job hättest und sofort beginnen könntest, war ich natürlich sehr froh! Kannst du morgen anfangen?»

Ramona hatte nicht zu träumen gewagt, dass sie so schnell eine neue Stelle finden würde. Aber morgen ging noch nicht. «Ich bin diese und nächste Woche noch in einem Kindercamp engagiert. Wie wäre es mit Montag in einer Woche?» Ramona schaute ihn fragend an.

«Das ist schwierig, Ramona. Heinz sagte mir, dass du jetzt frei seist.»

«Das tut mir leid. Er weiß doch, dass seine Schwester einen Unfall hatte und ich für sie im Pferdecamp eingesprungen bin.»

«Ich habe noch andere Bewerbungen, die in Frage kämen, und ich benötige sofort jemanden.» Er klappte die Mappe zu, dann klopfte er nachdenklich mit dem Kugelschreiber auf die Tischplatte. «Also gut. Ich komme dir entgegen. Du gibst mir bis morgen Bescheid, ob du am nächsten Montag anfangen kannst. Dann arbeite ich bis dahin einige extra Stunden. Meine Frau und die Kinder werden das zwar nicht verstehen, aber so ist das nun mal in unserem Job.»

Ramona hatte einen Kloß im Hals. Es war sehr lieb von ihrem Vater, dass er ihr diese Stelle vermittelt hatte. Es war genau die Stelle, die sie für ihre Ausbildung benötigte. Aber andererseits müsste sie Ingrid nach der Hälfte des Camps im Stich lassen.

Ramona war verwirrt, als sie aus dem Bürogebäude hinaus auf die viel befahrene Straße trat.

Ein Müllwagen blockierte die Zufahrt zu den Parkplätzen, sodass Ramona warten musste. Sie war froh, dass sie bald zurück aufs Land zu den Pferden fahren konnte. Zuerst wollte sie aber noch einen Abstecher zum Krankenhaus machen.

Bevor Ramona bei Ingrid im Patientenzimmer ankam, hatte bereits ein anderer Besucher an die Tür geklopft und war eingetreten. Es war der junge Mann, der für sie im Wald den Krankenwagen alarmiert hatte.

Ingrid fühlte sich geschmeichelt, dass er ihr einen Besuch abstattete. Er setzte sich und sie unterhielten sich. Plötzlich bemerkte Ingrid, dass sie ihm am Unfalltag gar nicht hatte Danke sagen können. Die Rettungssanitäter hatten ihr eine Sauerstoffmaske auf den Mund gedrückt, sodass sie ihm zum Abschied nur zunicken konnte. Das musste sie nun schnell nachholen: «Tom, ich möchte mich herzlich für deine Hilfe bedanken. Wenn du damals nicht vorbei gekommen wärst, hätte ich wahrscheinlich noch lange dort gelegen.»

Tom schüttelte den Kopf und lächelte verlegen. «Das hätte doch jeder gemacht. Ich bin froh, dass ich helfen konnte.»

«Ja, und dies wird irgendwann auf dich zurückkommen. Ich habe vor, mich zu revanchieren.»

«Das ist doch nicht nötig», wehrte Tom ab. «Weißt du bereits, wie es mit dem Pferdehof weitergeht?»

«Du kennst meinen Pferdehof?», fragte Ingrid verwirrt.

Er stutzte kurz. «Ich … habe dich auch schon im Kloster gesehen.»

Ingrid dachte angestrengt nach. Nein, sie hatte dieses Gesicht zuvor noch nie bewusst wahrgenommen. «Es tut mir leid, dass ich dich nicht wiedererkannt habe. Ich werde wohl schon etwas alt.»

Tom winkte ab. «Ich bin doch nur einer von vielen, die ab und zu vorbeikommen. In den Reiterkleidern fällst du halt auf.»

Ingrid lächelte. Das stimmte und meistens war sie auch stolz darauf.

«Ich gehe oft im Naherholungsgebiet spazieren und habe auch schon mehrmals im Kloster einen Kaffee getrunken», fuhr er fort. «Ich bin gestern dort vorbeigegangen und habe nachgefragt, wie es dir geht. Da habe ich erfahren, dass dich der Unfall in einem ganz ungünstigen Moment getroffen hat. Wie sieht es nun mit dem Pferdehof aus? Wirst du ihn schließen müssen?»

Ingrid schnürte es den Hals zusammen, obwohl sie

es gar nicht wollte. «Ich ... ich weiß ehrlich gesagt nicht, wie es weitergehen soll. Der Arzt sagte, ich werde vielleicht nie mehr reiten dürfen. Ein altes gesundheitliches Problem ist mit dem Unfall wieder aufgetaucht.» Sie zuckte verlegen mit der einen Schulter, deren Arm nicht eingebunden war. «Die Pferde sind längst verwahrlost, bis ich wieder auf den Beinen bin.» Sie strich sich eine Strähne aus der Stirn.

Tom saß ruhig da und hörte aufmerksam zu. Seine Augen verrieten, dass seine Gedanken rotierten.

Als er nichts sagte, fuhr Ingrid fort: «Aber zum Glück kann wenigstens das Camp jetzt durchgeführt werden und wer weiß, vielleicht tut Gott ja ein Wunder.»

Es klopfte und Ramona trat ein.

Ingrid zeigte auf den jungen Mann, der auf einem Stuhl am Ende des Bettes saß. «Das ist Tom. Er hat mir beim Unfall geholfen. Tom, das ist meine Nichte Ramona.»

Ramona nickte ihm freundlich zu.

Tom stand schnell auf. «Freut mich, dich kennenzulernen. Leider muss ich jetzt weiter. Auf Wiedersehen, Ingrid.»

Er nickte Ramona zu und verließ das Patientenzimmer.

Ingrid starrte auf die geschlossene Tür. Tom schien ihr ein sympathischer junger Mann zu sein, aber sie wurde trotzdem nicht ganz schlau aus ihm. Nun wandte sie sich ihrer neuen Besucherin zu. «Wie läuft es auf meinem Pferdehof?»

«Die Pferde und die Kinder machen keine Probleme. Aber auf dem Klostergelände läuft nicht alles rund.»

Ramona erzählte ihr vom Einbruch im Gravuren-Atelier und dem Stromausfall bei den Computerservern.

«Wie läuft die Zusammenarbeit mit Patrick und dir?», fragte Ingrid als nächstes.

Ramona seufzte wohl etwas zu laut.

«Was ist los, Ramona? Ihr kommt doch gut miteinander zurecht, nicht wahr?»

«Ja sicher, mach dir keine Sorgen», beschwichtigte Ramona schnell. «Ich ärgere mich nur manchmal über ihn, aber das liegt wohl nur an mir ...»

Ingrid konnte sich nicht vorstellen, was der Grund dafür sein könnte. Sie mochte Patrick sehr. Wenn sie sich einen Sohn vorstellte, dann wünschte sie sich so einen wie ihn. Sie runzelte die Stirn. «Erzähl mir, was das Problem ist. Vielleicht kann ich ja helfen?»

«Da kannst du nichts machen.» Ramona lachte etwas angespannt. «Seine Art ist für meinen Geschmack etwas zu bestimmend. Aber mach dir keine Sorgen, wir kommen schon zurecht.»

«Okay, wenn du meinst.» Ingrid war nicht ganz überzeugt. «Du weißt, dass du immer zu mir kommen kannst. Egal, was für Fragen du hast oder ob du dir einfach etwas von Seele reden möchtest. Ich habe ja jetzt genügend Zeit.» Sie lachte ironisch und wechselte das Thema. «Du hast mir gar nicht gesagt, dass mein Retter bei meinem Unfall gestern bei euch war.»

«Ich habe ihn nicht gesehen, aber ich war ja auch den ganzen Tag beschäftigt.»

«Dann hat er wohl mit Patrick oder Schwester Mathilda gesprochen.»

«Gut möglich.» Ramona schaute auf die Uhr. Patrick wartete bestimmt schon auf sie. Sie brachte es nicht übers Herz, ihrer Tante von dem Stellenangebot zu erzählen. Sie musste zuerst selbst Klarheit darüber finden.

Endlich wieder auf dem Pferd

Amelia fuhr mit der weichen Kardätsche über Selmas Fell, bis es im Schein der Sonne glänzte. Besonders in den Bereichen, wo später der Sattel und dessen Gurt liegen sollten, musste es sauber sein. Beim Reiten würde der Schmutz sonst zu Scheuerwunden im Fell führen, was für das Pferd sehr schmerzhaft wäre.

Amelia genoss das Putzen der Pferde sehr. Dass neben ihrem Pferd noch weitere Pferde angebunden standen und geputzt wurden, machte sogar noch mehr Spaß.

Heute Morgen durften sie die Pferde selber auswählen. Patrick wusste sowieso nicht, wer zu welchem Pferd passte.

Während die anderen Kinder beim Tor warteten, kletterte Amelia sofort über den Zaun und sprang in den Paddock, was mindestens drei Pferde aufscheuchte. Ihre Schwester hatte nur ein Kopfschütteln für diese Aktion übrig. Aber dafür war Bella, wie Amelia die Stute insgeheim immer noch nannte, auch heute wieder ihr Pferd!

Amelia schüttelte ihrerseits den Kopf, als Lina auf Patrick zuging und ihn fragte, ob sie den schwarzen Wallach reiten dürfe. Aber Ramona hatte es ihm strikt verboten, das Tier jemandem anzuvertrauen. Patrick erklärte: «Dieser Wallach ist für junge Reiterinnen zu anspruchsvoll.»

Jetzt stand Lina neben dem gleichen Pferd, das sie schon gestern geritten hatte.

Mit dem Hufauskratzer bewaffnet strich Amelia mit der linken Hand an Selmas Vorderbein hinunter. Das Pferd verstand die Geste und hob das Bein, damit Amelia den

Huf ergreifen konnte. Die Hufe auszukratzen war wichtig, da kleine Steine das Pferd beim Gehen stören oder sogar die Hufe verletzen konnten.

Amelia seufzte vor Glück, während sie den Huf auskratzte. Sie könnte ihr ganzes Leben hier auf dem Pferdehof verbringen! Sich um so viele Pferde aufhalten und mit ihnen arbeiten zu dürfen, war einfach herrlich.

Eine Wolke schob sich vor die Sonne, sodass sich ein Schatten auf den Huf legte.

Dies holte Amelia in die Realität zurück. Der Pferdehof würde bald nach dem Camp schließen. Aber sie hatten sich doch vorgenommen, genau das zu verhindern! Im Fall des Einbrechers waren sie nicht weitergekommen – der Künstler war noch genauso verdächtig wie gestern, aber die eindeutigen Beweise fehlten immer noch. Also mussten sie wenigstens in der anderen Sache weiterkommen: Sie musste Ramona davon überzeugen, auch nach dem Camp auf dem Pferdehof Klosterberg zu bleiben.

Als sie alle vier Hufe gereinigt hatte, blickte sie zu Lina hinüber. Sie hievte gerade einen schweren Sattel auf den dunkelbraunen Wallach.

Oha! Sie sollte sich beeilen. Die meisten Pferde waren bereits gesattelt.

Schnell rannte sie zur Scheune hinüber und holte Selmas Sattel aus der Sattelkammer. Auf dem Rückweg machte es ihr der große Sattel unmöglich sich zu beeilen. Trotzdem hoffte sie, dass sie ihn heute selber auf den Pferderücken heben konnte.

Gestern hatte es nicht so gut geklappt. Dann war Ramona ihr zu Hilfe gekommen, was ihr peinlich gewesen war. Aber Ramona hatte ihr versichert, dass sie es mit der richtigen Technik auch allein schaffen konnte. Sie hatte ihr gezeigt, wie man den Sattel halten musste, damit man genug Spielraum hat, um ihn hochzuhieven.

Amelia trat an die Stute heran und ergriff den Sattel vorn und hinten beim Sattelbaum. Dann hob sie ihn hoch und ... Hurra, es funktionierte! Der Sattel lag auf dem Pferderücken!

Stolz hob sie ihn ein wenig nach vorn und schob ihn dann nach hinten, bis er auf der richtigen Position lag. Damit verhinderte sie, dass das Fell unter dem Sattel gegen die natürliche Fellrichtung stand.

Dann gurtete sie den Sattel fest an.

Sie streichelte die Stute und lobte sie, weil sie so gut stillgestanden hatte.

Selma drehte dabei ihren Kopf zu ihr um und schnupperte mit den weichen Nüstern an ihrem T-Shirt.

Amelia kicherte und platzierte ein Küsschen auf ihre Nüstern.

Als sie das Zaumzeug anlegte, kam Lina hinzu.

«Meli, bist du noch nicht fertig? Alle warten nur noch auf dich», verkündete diese herausfordernd. Amelia schnaubte: «Ich hab halt gründlich geputzt!» Sie schob die Trense ins Pferdemaul und das Genickstück des Zaumzeugs hinter die Ohren.

«Schon gut, war ja nicht böse gemeint», beschwichtigte Lina und strich Selma über die Kruppe.

«Ich bin ja sowieso gleich fertig.» Sie befestigte den Kehlriemen und drehte sich zu Lina um. Sie besprachen, wie sie Ramona überreden konnten, auf dem Hof zu bleiben.

Mindestens zwei Pferde wieherten, als Ramona auf dem Platz erschien. Sie steckte wieder in ihren Reitkleidern.

Patrick drehte sich zu ihr um. «Schön, dass du wieder hier bist.»

Sie lächelte. «Du glaubst nicht, wie gut es tut, die Landluft einzuatmen!»

«War es so schlimm?»

«Ich habe die Stelle.»

«Oh, gratuliere. Das sollten wir feiern!»

Ramona schüttelte den Kopf. «Der Haken ist, dass ich nur noch bis am Sonntag hier sein kann. Die zweite Woche müsstest du ohne mich klar kommen.»

Patrick machte große Augen. «Das kannst du mir nicht antun! Hast du zugesagt?»

Sie biss sich auf die Lippen. «Nein, ich habe noch bis morgen Bedenkzeit.»

Patrick atmete tief durch und streckte seinen Rücken. «Du wirst schon gut entscheiden.» Er drehte sich um und deutete auf die wartenden Pferde. «Wir sind bereit. Du kannst mit dem Training beginnen.»

Ramona lächelte in die Runde. Dann zeigte sie auf vier Pferde: «Ihr dürft Faya, Belindo, Marquis und Lewis auf den Reitplatz führen. Die anderen könnt ihr mit dem Halfter um den Hals wieder an der Stange anbinden. Die kommen später an die Reihe.»

Amelia legte Selma das Halfter an und folgte den anderen.

«Ha! Wir sind zuerst an der Reihe», warf Nico Amelia und Lina frech an den Kopf und führte Lewis lässig am Zügel vorbei.

Amelia streckte die Zunge heraus und erwiderte lachend: «Dafür haben wir es noch vor uns, wenn ihr schon fertig seid!»

Nico lächelte zurück und schritt mit seinem Wallach durch das Tor des Reitplatzes.

In der Mitte stiegen die vier Kinder auf ihre Pferde und lenkten sie unter Anleitung von Ramona in die Reitbahn.

«Reitet ein paar Runden im Schritt, damit sich die Pferde aufwärmen können», ordnete die Leiterin an und wandte sich zu Lina und Amelia. «Könnt ihr mir helfen?»

Die beiden Mädchen folgten Ramona zum Material für die Bodenarbeit, die an der Seite des Reitplatzes unter einer Plastikabdeckung lagerten.

«Wir brauchen acht Stangen und fünf Verkehrshüte. Ich zeige euch, wo ihr sie hinlegen könnt.»

Amelia sah dies als ihre Chance an. «Ramona, weißt du, wann Frau Bachtelmann wieder gesund ist?»

Ramona hob einen Stapel Verkehrshüte hoch. «Es sieht leider so aus, als ob sie für einige Zeit nicht wieder reiten kann. Warum fragst du?»

Mit Linas Hilfe hob Amelia eine blau-weiß gefärbte Stange auf. «Na ja, wir haben mitbekommen, dass der Pferdehof in Gefahr ist, weil Frau Bachtelmann zu lange ausfällt.»

Lina fügte besorgt hinzu: «Oder dass sie ihn sogar schließen muss. Ist das wahr?»

Ramona seufzte und trug die Verkehrshüte auf den Reitplatz, wo sie sie neben die Stangen auf den Boden legte. Als sie sich aufrichtete, strich sie sich über die feuchte Stirn. «Ja, es sieht leider so aus.»

Amelia runzelte die Stirn und wechselte einen Blick mit ihrer Schwester.

Lina fuhr fort: «Aber du bist doch auch noch da – kannst nicht du für sie übernehmen?»

Sie gingen zum Materialdepot zurück, um die restlichen Stangen zu holen.

«Ich bin nur für das Camp eingesprungen und danach habe ich andere Pläne», erwiderte Ramona ausweichend.

«Ist dir der Pferdehof denn nicht wichtig?», hakte Amelia nach.

Ramona schüttelte lachend den Kopf. «Doch sicher! Aber das Leben ist nicht so einfach, wisst ihr.»

Die Mädchen stellten sich Ramona in den Weg, sodass diese anhalten musste.

«Aber stell dir vor, der Pferdehof würde geschlossen. Und *du* hättest nicht geholfen!»

«Ja, denk an dein Gewissen!», fügte Amelia frech hinzu.

Ramona lachte laut auf. «Jetzt aber mal halblang!» Sie war nicht in der Stimmung, mit den Mädchen über ihre Zukunft zu sprechen. Ihre Gedanken kreisten unaufhörlich um das Problem, dass die zweite Woche des Camps ohne sie stattfinden musste. Sie legte die Stangen auf den Boden und erteilte Anweisungen, wie die Hindernisse aufgestellt werden mussten.

Nach Nico und seiner Gruppe war Amelia mit zwei anderen Mädchen an der Reihe.

Außen am Zaun standen die anderen Kinder und spornten Amelia an, als sie mit Selma auf dem Reitplatz galoppierte.

Das Pferd bewegte sich im kontrollierten Galopp und schnaubte.

Die Mähne flatterte Amelia ins Gesicht, da sie ihren Oberkörper im «leichten Sitz» ein wenig nach vorn gebeugt hatte.

Am Ende der Runde kam das Hindernis in Sicht. Amelia dachte daran, dass sie ihren Blick nach vorn richten musste. Ramona hatte gesagt, dass man während des Sprungs automatisch auf das Hindernis hinunterblicken wolle. Aber das sei die Aufgabe des Pferdes! Der Reiter müsse die Energie zum Vorwärtsreiten beibehalten.

Sie sah, wie Selma die Ohren nach vorn zum Hindernis spitzte. Sie spürte, wie das Pferd den Galopp intensivierte und sich auf den Sprung vorbereitete.

Amelias Puls erhöhte sich vor freudiger Aufregung.

Die Meter vor dem Hindernis schwanden im Nu, Amelia drückte die Beine sanft an den Pferdebauch und schon sprang die Stute kraftvoll ab.

Amelia schloss für eine Sekunde die Augen und genoss das Gefühl des Schwebens. Sie war sich sicher, dass das Glücksgefühl, das sie dabei erlebte, durch nichts zu überbieten war. Sie lächelte zufrieden.

Dann landeten die Vorderbeine auf dem weichen Boden des Reitplatzes und der ganze Traum war wieder vorbei.

Sie hörte das Johlen und Klatschen der Kinder hinter dem Zaun und sie winkte ihnen lächelnd zu, als hätte sie als Springreiterin gerade ein wichtiges Turnier gewonnen.

Ramona schaute ihr zu. Eigentlich hatte dieses Mädchen ja schon recht. Hier bei den Pferden fühlte sie sich in ihrem Element. Es wäre zu schön, wenn sie immer hier arbeiten könnte. Aber nein, unterbrach Ramona ihre eigenen Träumereien, sie musste realistisch bleiben. Sie wusste ja nicht einmal, ob das Kloster bestehen blieb und der Pferdehof hier bleiben durfte. Sie hatte trotz vieler Mitbewerber eine Stelle angeboten bekommen. Diese Chance war dank der Vermittlung ihres Vaters einmalig. Dafür musste sie dankbar sein.

«Lass dein Pferd noch kurz im Schritt abkühlen», rief sie Amelia entgegen. Dann nickte sie der nächsten Reiterin zu.

Drücken vor der Arbeit

Am Nachmittag war das Putzen der Stallungen angesagt.

Ramona erteilte jeden Auftrag an jeweils zwei oder drei Kinder, die diesen gemeinsam ausführen mussten.

Amelia blickte Ramona prüfend an. War es eine Art Strafe für ihr aufdringliches Fragen heute Morgen, dass sie mit Nico zusammen ausmisten musste? Andere konnten die Sättel und das Zaumzeug putzen und ölen, die Putzkisten aufräumen oder sonst schönere Arbeiten übernehmen als sie.

Aber sie riss sich zusammen und machte sich auf den Weg zum Stall.

«Ich hasse ausmisten!», stöhnte Nico, als er ihr widerwillig folgte.

«Auch das muss getan werden ... Ich hole die Schubkarre und du bringst den Bollensammler und eine Mistgabel, okay?» Amelia wartete die Antwort nicht ab und verschwand in Richtung Scheune.

Nico rümpfte die Nase, als sie kurz darauf den Stall betraten. Der Gestank des Mists und des Urins lag schwer in der Luft und schien sie zu erdrücken.

Durch das Stallfenster drang Licht herein, wodurch man den Staub in der Luft gut sehen konnte.

Nico hustete und murmelte etwas Unverständliches.

Amelia ignorierte die unangenehmen Umstände und machte sich mit der Mistgabel an die Arbeit. Ein großer Teil des Bodens war mit viel Stroh bedeckt. Sie stach mit der Mistgabel hinein und versuchte nur die Pferdeäpfel zu erwischen. Ein paar Strohhalme kamen trotzdem mit, was aber nicht schlimm war.

Sie warf die Pferdeäpfel in die Schubkarre und wollte

sich gerade dem nächsten Pferdemist zuwenden, als sie im Augenwinkel Nico bemerkte. Sie runzelte die Stirn und musste sich ein Grinsen verkneifen.

Er hielt sich mit einer Hand die Nase zu, während er mit der anderen arbeitete. Er versuchte mit dem Mistkratzer die Pferdeäpfel, die auf den strohfreien Boden gefallen waren, auf die Schaufel zu schieben. Offensichtlich funktionierte das mit einer Hand nicht so gut.

Amelia stützte sich auf die Mistgabel und stemmte eine Hand in die Hüfte. «Meinst du, dass wir so bald fertig werden?»

Nico zuckte zusammen und schaute Amelia mit unschuldigem Blick an. Dann hustete er theatralisch. «Ich muss mir die Nase zuhalten, sonst ersticke ich.» Seine Stimme klang wegen der zugehaltenen Nase lächerlich.

Amelia prustete los.

Aber Nico fand es nicht lustig. «Lach du nur! Mir wird sogar schlecht ...»

Amelia hob ungläubig die Augenbrauen. «Ja, sicher! Wenn du einfach normal ausmistest, wirst du dich rasch an den Geruch gewöhnen und wir wären auch schneller fertig. Los!»

Sie wandte sich um und hob die nächste Ladung Pferdeäpfel auf. Sie musste zugeben, dass es wirklich sehr stank. Der Geruch biss sie in der Nase, aber dass sich Nico so memmenhaft verhielt, verstand sie trotzdem nicht. Er könnte sich doch zusammenreißen.

«Mann, ich muss mich gleich übergeben», beklagte sich Nico hinter ihr.

Amelia verdrehte die Augen, aber erwiderte nichts. Seine Stimme klang wieder normal – wenigstens hielt er sich die Nase nicht mehr zu.

Schon bald war die Schubkarre bis über den Rand gefüllt.

Amelia stellte die Mistgabel an die Wand und packte die Griffe der Karre.

Als sie sich auf den Weg nach draußen machte, stellte sich Nico ihr bettelnd in den Weg. «Lass mich das bitte machen!»

«Besser nicht, sonst musst du dich anschließend wieder neu an den Gestank gewöhnen. Bis ich zurück bin, hast du bestimmt wieder eine Schaufel voll.» Sie streckte ihm die Zunge heraus und lenkte die Schubkarre in Richtung Stalltür.

Draußen atmete sie glücklich die frische Luft ein.

Als sie beim Misthaufen ankam, begegnete ihr Ramona, die eine Kontrollrunde drehte.

«Wie läuft's mit dem Ausmisten?»

«Eigentlich gut, nur hilft Nico nicht wirklich mit. Er sagt, dass er den Gestank nicht aushält.» Sie verzog das Gesicht zu einer Grimasse.

«Diese alten Ställe sind von der Luft her nicht optimal. Du kannst ja das Fenster öffnen.»

Amelia nickte und bedankte sich für den Tipp. Sie führte die Schubkarre über den Holzsteg auf den Misthaufen und leerte den dampfenden Inhalt aus.

Als sie zurück in den Stall trat, traf sie auf Nico, der sich über einen Strohballen beugte.

Das reichte. *Wer reiten will, muss auch die Arbeit erledigen!*

Amelia ging geradewegs auf ihn zu. «Hat deine Großmutter das Pferd womöglich auch noch gesattelt und dir den Steigbügel gehalten, wenn du bei ihr reiten gegangen bist? Aber nicht mit mir! Jetzt habe ich genug von deiner Faulenzerei!»

Plötzlich hielt Amelia abrupt inne.

Vor dem Strohballen lag eine komische Brühe auf dem Boden.

Nico drehte sich mit kreidebleichem Gesicht zu ihr um, aber schaute sofort verlegen wieder weg.

«Oh, entschuldige», stammelte Amelia, «dir geht es ja wirklich nicht gut!» Sie schaute sich um. «Warte, ich hole einen Eimer mit Wasser und spüle das in den Mistkanal.»

«Lass nur, ich mache das schon», murmelte Nico, während er sich plötzlich wieder die Hand vor den Mund hielt und würgte. Er rannte so schnell er konnte aus dem Stall hinaus.

Amelia schauderte, während sie das Wasser über das Erbrochene leerte. Sie musste den Eimer zwei Mal nachfüllen, bis alle Spuren verschwunden waren.

Dann stellte sie den Eimer zurück und blickte sich um. Wo waren alle Kinder geblieben?

Als sie aus dem Stall trat, sah sie, dass sich alle vor dem Paddock versammelt hatten. Einige standen abwartend auf der Seite, während alle anderen sich den Bauch hielten und ebenfalls erbrachen.

Am liebsten wäre sie sofort umgedreht und zurück in den Stall gegangen. Dort stank es ja auch, aber gegen den Gestank, der sich da draußen ausbreitete, war der Pferdemist direkt eine Freude für die Nase.

Aber als sie sah, dass es ihrer Schwester auch ziemlich schlecht ging, entschied sie sich doch nach ihr zu sehen.

Schwester Mathilda überbrachte Ramona die Nachricht, dass auch unter den Schwestern einige an akutem Erbrechen und Durchfall litten.

Ramona war froh, dass sie Mathilda das Waschen der stinkenden Kleider übergeben konnte.

Nach einigem Hin und Her mit Spekulationen über die mögliche Ursache dieser Erkrankungswelle im Kloster war klar: Es muss am Essen im Café gelegen haben. Konkret am Karottensalat. Alle Kinder, die sich geweigert hatten, davon zu essen, gehörten nicht zu den Patienten.

Schwester Mathilda hatte einen Arzt zum Kloster bestellt, der die Patienten untersuchte. Er sagte, dass die Beschwerden im Normalfall innerhalb von einem Tag wieder verschwanden.

Leider war das innerhalb einer Woche bereits der zweite Fall von Lebensmittelvergiftung im Café, sodass diesmal die Lebensmittelbehörde schnell auf dem Parkett stand. Mit Pinzetten und Pipetten nahmen sie verschiedene Proben aus den gelagerten Esswaren.

Patrick brachte Schwester Mathilda den ersten Korb mit Kleidern der Teilnehmer. «Vielen Dank für deine Hilfe.»

«Nichts zu danken», antwortet sie, «es ist mir nicht recht, dass das in unserem Café passiert ist. Wir halten uns immer streng an die Hygienevorschriften. Und nach dem letzten Fall vor einer Woche haben wir zudem alle offenen Vorräte entsorgt und alles gründlich gereinigt.»

Nach kurzem Zögern eröffnete sie Patrick, dass der Vorfall auch für das Camp Konsequenzen hatte. Die Lebensmittelbehörde hatte das Urteil gefällt: Das Café musste schließen, bis die lückenlose Hygiene wieder gewährleistet war. Schwester Mathilda schüttelte den Kopf. «Es geht hier im Kloster momentan zu viel schief. Zuerst der Einbruch im Atelier, dann haben wir heute Morgen eine riesige Rechnung von der Serverfirma für die Umtriebe nach dem Stromausfall erhalten. Und jetzt müssen wir auch noch das Café vorübergehend schließen.»

Die Computerfirma machte das Kloster für den gestrigen Vorfall verantwortlich, weil sie ihnen nichts von dem Türchen gesagt hatten, als das Sicherheitskonzept ausgearbeitet wurde. Die Kosten für den mobilen Stromgenerator, die Reparaturarbeiten und die Schadenersatzansprüche der Kunden vernichteten die Mietzinseinnahmen von fast einem Jahr.

Als Patrick Ramona die Nachricht wegen des geschlossenen Cafés überbringen wollte, fand er sie vor den Schlafzimmern auf dem Flur.

Sie trug einen Eimer und einen Bodenlappen zum Jungenzimmer. «Es haben nochmal zwei erbrochen», sagte sie und seufzte.

«Wie geht es *dir?*», wollte Patrick wissen.

Sie schüttelte langsam den Kopf. «Ich denke, mich erwischt es auch noch.»

«Ich übernehme ab hier und du legst dich hin.» Er griff nach dem Eimer.

Ramona versuchte zu lächeln, aber es gelang ihr nicht wirklich. «Danke. Macht es dir nichts aus, das Erbrochene aufzuputzen?»

«Doch, schon», gab er zu, «aber das gehört halt einfach zum Job eines Leiters. Darf ich anschließend noch kurz bei dir vorbeischauen, um das weitere Vorgehen zu besprechen?»

Sie nickte. Sie war erstaunt, wie er sich ohne zu murren an die Arbeit machte und wie er für sie eine echte Unterstützung war. Er war wirklich loyal.

Patrick verschwand, während sie sich in ihr Zimmer zurückzog und auf das Bett legte.

Es dauerte eine Weile, bis Patrick endlich an ihre Zimmertür klopfte.

«Ja?», versuchte sie zu rufen, aber sie brachte nur ein Krächzen zustande.

Patrick streckte seinen Kopf hinein. «Darf ich eintreten?»

Sie nickte und versuchte sich im Bett aufzusetzen. «Oh, du hast mir Tee mitgebracht. Danke.»

«Schwester Mathilda hat ihn mit Kamille und Thymian aus dem Klostergarten gemacht.» Er stellte die Tasse und den Krug auf den kleinen Tisch. «Der Arzt sagte, dass alle viel trinken müssen. Wie geht es dir?»

Ramona schämte sich, dass sie sich so bleich und elend vor ihm zeigen musste. Aber seine Augen strahlten ernsthafte Anteilnahme aus. Seine angriffslustige Haltung von gestern Nachmittag war wie weggeblasen. Diese Seite an ihm hatte sie bis jetzt noch nicht kennengelernt. «Ich musste noch nicht erbrechen. Ich bekam als letzte auch nur noch ganz wenig vom Salat.»

«Als zweitletzte», korrigierte Patrick, «ich war der Letzte und bekam gar nichts mehr davon ab.»

«Oh, das tut mir leid.»

Er winkte ab und lachte. «Schon gut. Verzichten zu können ist eine gesunde Tugend!»

Ein Lächeln huschte auch über ihren Mund, bevor sie sich wieder den Bauch hielt.

«Ab morgen bekommen wir die Mahlzeiten vom Gasthof im Dorf geliefert», erklärte er. «Schwester Mathilda konnte einen guten Preis aushandeln. Wir Gesunden werden heute Abend etwas Feines über dem Lagerfeuer machen. Euch anderen kocht Schwester Mathilda nach den Anweisungen des Arztes eine Suppe.»

«Wie beschäftigst du die Gesunden für den Rest des Nachmittags?»

Er erzählte ihr, dass die Schwestern sich gerade zum Vesper-Gebet trafen und versprochen hatten, dass sie für alle Patienten beten würden. Die gesunden Kinder waren auch eingeladen dabei zu sein, um für die Genesung ihrer Freunde zu beten. «Es sind drei oder vier mitgegangen. Anschließend schicke ich sie zum Einkaufen für das Abendessen. Das wird ihnen sicher Spaß machen.»

Sie nickte. «Ich werde später nach den Pferden sehen.»

«Nein, Ingrid hat schon ihre Pferdepflegerin organisiert. Sie wird heute Abend die Pferde versorgen. Du ruhst dich schön aus!» Dann strich er ihr über den Arm und wandte sich zur Tür. «Ruf mich an, wenn du etwas brauchst.»

Ramona blickte ihm nach, als er die Tür vorsichtig

hinter sich schloss. Hatte sie nun den Patrick kennengelernt, von dem ihre Tante so geschwärmt hatte? Wäre es ihr nicht so elend gewesen, wäre sie jetzt gern mit ihm mitgegangen, um sich um alles zu kümmern – oder einfach nur bei ihm zu sein? Nein, gegen diesen Gedanken wehrte sie sich heftig.

Da kündigte ein Rumpeln in ihrem Darm eine Katastrophe an. Sie sprang auf und rannte auf den Flur in Richtung Toiletten.

Amelia und drei andere Mädchen standen ganz hinten im Gebetsraum. Durch mehrere farbige Fensterscheiben zeichneten Sonnenstrahlen ein schönes Muster auf den Holzboden. Schwester Mathilda trat an einen kleinen Tisch auf der anderen Seite des Raumes. Darauf brannte eine Kerze und daneben lag eine aufgeschlagene Bibel. Heute waren wegen der Lebensmittelvergiftung nicht alle Ordensschwestern gekommen. Die Anwesenden saßen auf hellbraunen Stühlen, die in mehreren Reihen aufgestellt waren.

Schwester Mathilda nahm die Bibel zur Hand und las eine kurze Geschichte vor. Darin wanderte Jesus durch eine Stadt, als er plötzlich von jemandem gerufen wurde. Obwohl einige diesen Mann zum Schweigen bringen wollten, rief er noch lauter: «Jesus, hab Erbarmen mit mir!» Jesus ließ ihn zu sich bringen und fragte: «Was soll ich für dich tun?» Der Mann war blind und sagte, dass er wieder sehen möchte. Da konnte der Mann wieder sehen und ging von da an mit Jesus mit.

Mathilda legte die Bibel zurück auf den Tisch. «Wir haben unter uns Kranke. Lasst uns wie dieser Mann gemeinsam zu Gott rufen und um rasche Genesung bitten.»

Die Schwestern senkten ihre Köpfe und beteten.

Amelia war beeindruckt, wie ungezwungen hier mit Gott geredet wurde. Plötzlich kam ihr eine Idee: Sie konnte doch auch dafür beten, dass der Pferdehof Klosterberg nicht schließen musste.

Eine Stunde später schaute Amelia in der Herberge bei ihrer Schwester vorbei.

Es schien Lina schon wieder etwas besser zu gehen. *Gut.*

Aber etwas anderes beschäftigte sie noch mehr. Deshalb platzte sie heraus: «Es besteht kein Zweifel mehr! Der Künstler ist an allem schuld!»

«An allem?»

«Als ich draußen an der Sonne saß und darauf wartete, dass wieder Normalität ins Campprogramm zurückkehrt, beobachtete ich, wie er immer wieder nach draußen in den Innenhof kam. Er verschwand jedes Mal sofort wieder in der Werkstatt. Als er aber einmal Schwester Mathilda sah, ging er auf sie zu und wollte wissen, was die Beamten von der Lebensmittelbehörde gesagt hätten. Und als er hörte, dass das Café eine Weile geschlossen sein werde, da sagte er ‹gut›. Ist das nicht unerhört!»

«Das ist ein komischer Typ. Keine Spur von Mitleid», pflichtete Lina bei.

«Ich sage dir: Die verdorbene Salatsoße war kein Unfall der Küche! Der Künstler hat sie vergiftet. Sein Ziel war es, das Café dicht zu machen. Deshalb sagte er ‹gut›! Sein Plan ging auf.»

Lina setzte sich im Bett auf. «Warum sollte er so etwas machen?»

«Ich weiß es auch nicht. Vielleicht, damit er in seiner Werkstatt mehr Ruhe hat?»

Lina runzelte die Stirn. «Sein ‹gut› kann aber auch einen anderen Grund haben. Er ist ja wirklich ein sonderbarer Kerl. Vielleicht meinte er: ‹Gut, dann kann ich abnehmen, weil ich nicht mehr von dem feinen Essen im Café verführt werde›.»

«Genau das sagte Schwester Mathilda auch.»

«Du hast mit ihr darüber gesprochen?»

Amelia nickte. «Diesmal hörte sie mir jedenfalls gut zu.»

Lina zuckte mit den Achseln. «Was ja nicht heißt, dass sie deine Ansicht teilt.»

«Doch. Ich habe ihr auch die Flasche mit der Salatsoße gezeigt, die im Container des Künstlers lag. Und sie hat sie sogar dem Beamten der Lebensmittelbehörde zum Testen mitgegeben!» Amelia schaute ihre Schwester triumphierend an. «Der Künstler ist ja auch sehr verdächtig wegen des Einbruchs und er hat uns ja auch nach der Unterbrechung der Stromversorgung bei den Computerservern so drohend angeschaut. Und jetzt das Café. Der führt doch etwas im Schilde! Der will das ganze Kloster ruinieren. Es würde mich nicht wundern, wenn morgen in einer anderen Ecke des Klosters etwas passieren würde!»

Lina ließ sich aufs Bett zurückfallen und stöhnte, was ihre Schwester mit «du übertreibst» richtig interpretierte.

Aber Amelia ließ das nicht auf sich sitzen. «Vielleicht ist es dir nicht aufgefallen, aber beim Künstler ist bis jetzt noch nichts passiert!»

Ramona sagte das andere Vorstellungsgespräch ab, das sie bereits letzte Woche für den Vorabend abgemacht hatte. Dann rief sie Ingrid schweren Herzens an und erzählte ihr von der Arbeitsstelle, die sie am Montag antreten konnte. «Findest du jemanden, der für mich im Camp einspringen kann?»

«Ich wüsste nicht, wer», antwortete Ingrid ernst. «Aber ich habe auch nachgedacht. Ich bin für längere Zeit krankgeschrieben.» Ingrid zögerte. «Das bedeutet, dass ich jemanden im Pferdehof anstellen muss. Ramona, willst du die Stelle haben?»

«Eh … aber das geht doch nicht», antwortete Ramona ganz überrascht.

«Warum sollte das nicht gehen? Du bist doch schon als Kind immer aufgeblüht, sobald du in die Nähe von Pferden gekommen bist.»

«Ingrid, ich muss doch für die Weiterbildung Berufserfahrung vorweisen können. Und Reiten gehört nun leider nicht dazu.»

«Du musst es mir ja nicht jetzt sagen. Denk darüber nach.»

«Nein, Ingrid. Ich muss dort am Montag beginnen. Mein Vater hat das für mich eingefädelt und er rechnet damit, dass ich nach meiner Ausbildung bei ihm im Geschäft einsteige.»

Ingrid wirkte gefasst. «Also gut, wie du willst. Ich werde morgen ein Inserat für die Stelle aufgeben. Wenn du es dir bis dahin anders überlegst, kannst du es mir ja noch sagen.»

«Bist du mir böse?», fragte Ramona vorsichtig.

«Nein, mein Kind. Ich vertraue auf Gott, dass er alles gut machen wird. Ehrlich gesagt, verstehe ich ihn im Augenblick nicht. Aber bis jetzt hat er mich im entscheidenden Moment noch nie im Stich gelassen.»

«Aber Ingrid, bist du Gott nicht böse, dass er zugelassen hat, dass dein Mann so früh gestorben ist?»

Ingrid war einen Moment lang still, sodass Ramona es bereute, das Thema angeschnitten zu haben.

«Ich vermisse Hubert und ich wünschte, er wäre noch hier. Aber nein, böse bin ich Gott deswegen nicht. Ich habe ihn seither noch viel besser kennengelernt und er hat mir meine Traurigkeit und meine Gefühle der Einsamkeit weggenommen und mir dafür einen tiefen Frieden geschenkt. Seither spüre ich immer wieder, dass Gott da ist und sich um mich kümmert.»

«Dein Gottvertrauen möchte ich auch haben, Tante Ingrid.»

Ramona lag auf ihrem Bett und dachte nach. Nein, es war die richtige Entscheidung. Sie durfte sich jetzt nicht von romantischen Gefühlen und Kindheitsträumen leiten lassen. Sie war nun erwachsen und musste sich dem Ernst des Lebens stellen.

Schrecken in der Klosterherberge

Kurz nach acht Uhr abends hatte auf dem Kloster zum letzten Mal jemand erbrochen. Seither war nur noch der flüssige Durchfall das große Problem der meisten Patienten.

Um Mitternacht kündigte sich bei Lina durch ein Gurgeln im Darmtrakt ein neuer Notfall an. Da sie vor einer Stunde auf dem Klo fast bewusstlos geworden war, weckte sie ihre Schwester.

Diese folgte schlaftrunken der davonrennenden Lina und blieb in genügendem Abstand außen an der Toilette stehen.

Nebst den unangenehmen Geräuschen, die von ihrer Schwester her kamen, hörte Amelia plötzlich ein lautes Knarren.

Erschreckt schaute sie sich um. Das Kloster war größtenteils aus massiven Steinmauern gebaut. Woher konnte das Knarren von Holz kommen?

Da war es schon wieder!

Und kurz darauf ertönte ein unheimliches «Uuuuu!»

Amelia trat sofort in den Vorraum der Toiletten ein. «Hast du das auch gehört?»

«Ja, was ist das?»

Da hallte das Gänsehautgeräusch schon wieder durch den Gang.

Amelia lief es kalt den Rücken hinunter.

Erst als ihre Schwester zu ihr hinaustrat und sich die Hände wusch, fasste sie sich wieder. «Da spielt uns bestimmt jemand einen Streich!»

«Nico und Manuel?», mutmaßte Lina. Zumindest Nico würde sie so etwas zutrauen. Aber ob es ihm dafür wieder gut genug ging?

In diesem Augenblick tauchten die beiden Jungs im Türrahmen auf.

Sofort boxte Amelia auf die beiden ein. «Ihr habt mich mit den Geräuschen schön erschreckt. Das war nicht cool!»

Nico wehrte die Schläge mit seinem Unterarm ab. «Hör doch auf, das waren wir doch gar nicht!»

Amelia hielt inne, aber glaubte ihm nicht ganz.

Da ertönte das Knarren wieder, diesmal zusammen mit einem furchteinflößenden Schrei.

Vor Schreck packte sie Nicos Arm, den er ihr immer noch abwehrend entgegen hielt.

«Das kommt von da unten.» Manuel zeigte den Flur entlang, wo die Treppe zu den Zimmern der anderen Gäste der Herberge führte. «Wer kommt mit? Ich will mal nachsehen.»

«Spinnst du?» Amelia hatte keine Lust auf eine Begegnung der unheimlichen Art.

Aber Lina quetschte sich an ihr vorbei in den Gang hinaus. «Du willst doch unbedingt herausfinden, wer auf dem Kloster sein Unwesen treibt. Ich will schnell wieder ins Bett, also bringen wir es hinter uns. Du gehst voraus», befahl sie Manuel.

Zu viert schlichen sie den Gang entlang und spähten die Treppe hinunter.

Auf ihrem Stock leuchtete ein Nachtlicht, aber unten war es dunkel. Das war komisch.

Auf Zehenspitzen gingen sie ein paar Stufen hinunter, bis sie den ganzen Gang sehen konnten. Rechts und links waren die Türen zu den Zimmern, auf halber Länge befand sich rechts die Treppe, die nach unten führte, und ganz hinten schien der Mond schwach durch ein Fenster.

Aus einem Zimmer drang das Weinen eines Kindes und sie hörten Stimmen der Mutter, die das Kind zu beruhigen versuchte.

Auf einmal sahen sie, wie ein großer Schatten vor dem Fenster durchhuschte. Und dann waren das Knarren und das «Uuuu» wieder zu hören.

Die vier Kinder zuckten auf der Treppe zusammen.

Manuel schlich mutig die Treppe hinunter und tastete mit der Hand nach einem Lichtschalter an der Wand.

«Das ist merkwürdig», flüsterte er, als dieser nicht funktionierte.

Nico huschte zurück ins Zimmer, um seine Taschenlampe zu holen, während die anderen drei angespannt auf der Treppe warteten.

Wieder sahen sie den Schatten vor dem Mondlicht vorbeiflitzen und erneut ertönte das Geräusch.

Diesmal wirkte es aber schon fast beruhigend auf Amelia, weil sie daraus heraushören konnte, dass es immer genau das gleiche Geräusch war. «Das kommt aus einem Lautsprecher», flüsterte sie den anderen zu.

Nico kam wieder zurück. «Die da oben haben wegen der Geräusche alle die Hosen voll!», verkündete er mit einem Grinsen, während er die Taschenlampe an Manuel weiterreichte.

«Ich hoffe, du meinst das nicht wörtlich», antwortete Lina leise, die sich an ihre letzten fünf unangenehmen Momente auf dem Klo erinnerte.

Manuel schlich erneut bis zur untersten Treppenstufe und schaltete unvermittelt die Taschenlampe ein.

Der Lichtkegel fiel auf eine Zimmerpflanze, die am Ende des Flurs stand und deren Blätter sich bewegten. Aber es war niemand zu sehen.

«Jemand ist eben gerade hier gewesen», kommentierte er.

Die Geräusche waren von da an nicht mehr zu hören.

Als die vier Mutigen ohne neue Erkenntnisse zurück auf ihre Zimmer kamen, brannten hier die Lichter und es herrschte eine helle Aufregung.

Patrick und Ramona versuchten, die Kinder zu beruhigen. Erst nachdem alle in Begleitung der Erwachsenen auf dem Klo waren und ihnen Patrick eine kurze beruhigende Geschichte erzählt hatte, kehrte im oberen Stock der Herberge wieder Ruhe ein.

Ramona konnte nach dieser Aufregung nicht wieder einschlafen. Bevor der Tumult in den Teilnehmerzimmern losgegangen war, hatte sie einen merkwürdigen Traum gehabt – einen, den sie auch als Kind mehrmals hatte. Sie saß auf dem Rücken eines schwarzen Pferdes und galoppierte damit in einer Traktorspur durch ein reifes Kornfeld. Im Traum flog sie mehr dahin, als dass sie ritt. Sie hatte auch die Zügel ganz losgelassen und fühlte sich frei und froh.

Plötzlich stand ihr Vater vor ihr und schimpfte mit ihr. Er sagte, sie dürfe nicht durch ein fremdes Feld reiten. Dann zeigte er auf den leeren Acker hinter ihm: «Das ist unser Acker. Schau zu, dass unser Getreide wächst, dann kannst du da durchreiten.»

Dann war sie erwacht.

Als Kind gab sie ihrem Vater immer recht. Es war nicht recht von ihr, über ein fremdes Feld zu reiten. Aber heute … heute war das Gefühl des Traumes anders. Heute empfand sie zum ersten Mal, dass dies gar nicht ihr Vater war. So war er in Wirklichkeit nämlich nicht. Ihre Eltern hatte sie immer ermutigt und unterstützt, wenn es ums Reiten ging. Gerade auch wenn sie verrückte Dinge plante, wie das vergangene Jahr auf einer Pferdefarm in Kanada zu verbringen. Was wäre, wenn es für ihre Eltern gar keine Rolle spielte, ob sie einmal in ihrem Geschäft einstieg oder nicht? Was, wenn sie nur ihr zuliebe diese Option offengelassen hatten? Darüber hatte sie noch gar nie mit ihnen gesprochen.

Als Ramonas Herz nach einer Weile immer noch stark klopfte und sie nicht einschlafen konnte, lockte es sie an die frische Luft. Sie zog sich Hosen und einen Pullover über den Schlafanzug und ging nach draußen.

Der Klosterhof war spärlich beleuchtet, als Ramona ihn schlendernd durchquerte.

Der Himmel war wolkenlos und es war ruhig. Nur aus den Stallungen hörte sie vereinzelt ein Klopfen, das danach klang, als würde ein Pferd immer wieder gegen eine Holzwand treten.

Ohne, dass sie es sich bewusst vorgenommen hatte, ging sie auf die Stalltür zu und blickte hinein.

Die meisten Pferde standen still da. Nur Tornado ging unaufhörlich im Kreis.

«Na, kannst du auch nicht schlafen?», sagte sie zu ihm, als sie in den Stall eintrat und sich an ein Fenster stellte, durch das der Mond hineinschien.

Tornado kam auf sie zu und schnupperte mit seinen weichen Nüstern an ihrer Hand.

«Es wäre sehr schön, wenn ich jeden Tag bei dir sein könnte.»

Tornado hob den Kopf.

«Es war ja schon immer mein Traum mit Pferden zu arbeiten. Aber eben ... man kann nicht immer das machen, was man am schönsten findet. Du hast es gut. Für dich ist alles klar. Du gehörst hier auf den Hof. Ich möchte ja auch hierher gehören. Aber ...»

Tornado trat plötzlich zurück.

«Dann sag Ingrid doch zu», sagte plötzlich eine Männerstimme hinter ihr.

Ramona zuckte zusammen und schaute Patrick entsetzt an, der seinen Kopf durch die obere Öffnung der Stalltür streckte. «Du hast mich erschreckt!»

«Entschuldige, das wollte ich nicht.»

«Was machst du hier?», fragte Ramona.

«Nachdem sich die Kinder beruhigt hatten, habe ich draußen einen Kontrollgang gemacht. Aber ich habe nichts Verdächtiges gesehen. Dafür war der Nachthimmel aber so schön, dass ich eine Weile auf der Parkbank saß und den Sternenhimmel beobachtete.» Er schaute Ramona eine Weile schweigend an. Dann kam er zurück auf das Thema, bei dem er sie ertappt hatte: «Wären deine Eltern enttäuscht, wenn du dich für den Pferdehof entscheiden würdest?»

«Ich weiß es nicht. Wir haben noch nie darüber gesprochen.» Ramona trat vom Fenster weg zu einem Strohhaufen und schob mit dem Fuß einige Halme hin und her. «Ich hatte einen Traum, in dem mir mein Vater sagt, was ich zu tun habe. Aber ich denke, dass *ich* das vielmehr zu mir selber gesagt habe. Ich habe angenommen, dass dieser Weg von mir erwartet wird.»

«Wie würdest du dich entscheiden, wenn niemand etwas von dir erwarten würde?»

Ramona dachte eine Weile nach. Sie wog die beiden Stellenangebote gegeneinander ab. Wenn sie an den Pferdehof dachte, machte sich ein Kribbeln in ihrem Bauch breit. Es wäre unbeschreiblich hier mit den Pferden und den Reitschülerinnen zu arbeiten! Es bedeutete wohl härtere körperliche Arbeit und mehr Stunden Arbeit pro Tag als in einem Büro mit fixen Arbeitszeiten. Aber dafür war sie an dem Ort, wofür auch ihr Herz schlug. «Ich würde mich für den Pferdehof Klosterberg entscheiden.»

«Hast du das schon mit Gott besprochen?», fragte Patrick.

Ramona nickte. «Ich hatte ja genügend Zeit, als ich krank im Bett lag. Meinst du, er hat mir den Traum geschickt?»

Patrick antwortete nicht, aber lächelte verschmitzt. «Du wolltest mir doch die Geschichte erzählen, wie du beten gelernt hast.»

«Musst du denn nicht ins Bett?»

«Ich schlafe sonst genug …», sagte er, aber nach seinem Lächeln zu urteilen, hatte er einen anderen Grund noch etwas länger aufzubleiben.

Ramona ließ sich rückwärts in den Strohhaufen fallen. Als sie es sich bequem gemacht hatte, begann sie: «Als kleines Mädchen war ich oft bei Tante Ingrid und ihrem Mann in den Ferien. Sie war stets fröhlich und munter. Aber dann wurde ihr Mann schwer krank und starb zwei Tage vor Weihnachten. Als meine Eltern mir im nächsten Sommer sagten, dass ich wieder zu Ingrid in die Ferien fahren würde, erwartete ich, dass sie niedergeschlagen und traurig war. Deshalb wollte ich eigentlich nicht hingehen.» Ramona zupfte einen Halm unter ihrem Arm hervor. «Aber dann war ich ganz erstaunt, als sie trotzdem wieder so fröhlich war wie früher. Ich habe sie damals als kleines Mädchen wohl etwas zu direkt darauf angesprochen. Aber es störte sie nicht. Sie hat mir erklärt, dass sie viel mit Gott redet und er sie in den vergangenen Monaten oft getröstet hat. Er habe ihr auch wieder Freude geschenkt und den Mut gegeben weiterzumachen.»

Patrick nickte anerkennend. «Es freut mich, dass sie bei Gott Trost und Halt gefunden hat.»

«Ich beobachtete sie damals in den Ferien genau. Und ich musste zugeben, die Fröhlichkeit war nicht gespielt. Sie hatte etwas, das ich bei mir selber und auch in meiner Familie nicht gekannt habe. Und so habe ich mich immer mehr auch für Gott und das Beten zu interessieren begonnen.»

«Das ist eine schöne Geschichte», sagte Patrick und streckte ihr die Hand entgegen, um ihr beim Aufstehen zu helfen.

Gemeinsam traten sie aus dem düsteren Stall hinaus an die frische Luft.

Als Ramona sich kurze Zeit später im Bett zusammenrollte, war sie sicher, dass sie am nächsten Morgen Ingrid für die Arbeitsstelle auf dem Pferdehof Klosterberg zusagen würde.

Mittwochvormittag

Schlimme Aussichten

Am nächsten Tag zogen wegen der nächtlichen Geräusche fünf Gäste aus der Herberge aus.

Der Hausmeister berichtete, dass die Stromsicherung herausgeschraubt worden war, die das Licht auf dem unteren Stockwerk der Herberge absicherte. Er hatte sie wieder hineingeschraubt, sodass nun alles wieder funktionierte.

Direkt nach der Morgenandacht «Laudes» rief Schwester Mathilda alle Mieter des Klosters für eine Besprechung ins Sitzungszimmer der Schwesterngemeinschaft.

Ramona, der es heute Morgen wieder gut ging, vertrat ihre Tante. Sie setzte sich auf einen der schön verzierten Stühle direkt neben den Künstler, der sich ihr mit Albert vorstellte.

Es war eine bunt zusammengewürfelte Gruppe versammelt: Da war der Hausmeister in seiner Arbeitskleidung, der kauzige Albert Vogel, aber auch der Mann mit Krawatte von der Computerfirma. Eigentlich fiel hier jeder irgendwie aus dem Rahmen.

Auch mit am Tisch saßen die beiden Schwestern, die für die Herberge und das Café die Verantwortung trugen.

«Wenn die Pechsträhne nicht bald abreißt, steht es schlecht um das Kloster.» Mathilda legte die Karten von Anfang an offen auf den Tisch. «Ich habe mit der Klosterleitung in der Zentrale gesprochen und die sind der

Meinung, dass unsere Tage hier in *Berg* gezählt sind.»

Ein Raunen ging um den Sitzungstisch.

«Sie wollten unseren Standort schon im letzten Jahr schließen und die Gebäude verkaufen, aber damals konnten wir sie noch überzeugen, dass dieser drastische Schritt nicht nötig war. Aber nun summieren sich die Einnahmeausfälle zusammen mit Ihrer Rechnung, Herr Schneider, auf ein Maß, das unsere geistlichen Auswirkungen hier nicht mehr rechtfertigt. Sie sagten, wir könnten auch vom Hauptsitz aus für diese Region beten … Sie klären nun ab, ob der Geschäftsmann, der im letzten Jahr das Kloster kaufen und daraus ein Hotel machen wollte, immer noch interessiert ist.»

Ramona sah, dass die Situation Mathilda nahe ging. Sie hatte Mitleid mit ihr. Für sie bedeutete das Kloster hier ihr Leben. *Aber halt!* Das würde ja bedeuten, dass auch der Pferdehof einer Hotelanlage weichen musste. Sie hätte ja dann auch keine Stelle mehr, wenn sie hier zu arbeiten beginnen würde! War ihr Traum vom Leben mit den Pferden doch nur eine doofe Spinnerei? Sie atmete tief durch. Dann war es also doch ihre Bestimmung, später im Betrieb ihrer Eltern einzusteigen?

Herr Vogel neben ihr atmete laut ein und aus, was sie gedanklich zurück an den Tisch brachte.

«Wir haben keine Ahnung, wer hier sein Unwesen treibt, aber offensichtlich will uns jemand schaden ...», fuhr Mathilda fort.

«Hat nicht alles damit begonnen, dass Ingrid nicht mehr hier ist und jetzt diese jungen Leiter die Kinder nicht im Griff haben?», unterbrach sie der Künstler und deutete dabei auf Ramona.

In Ramona zog sich alles zusammen. Auf eine solche Anschuldigung war sie nicht gefasst gewesen.

«Das ist doch Unsinn», antwortete die Schwester, «es begann schon letzte Woche mit der ersten Lebensmittelvergiftung und da waren noch keine Kinder da.»

Albert Vogel presste seine Augen zu einem Spalt zusammen, aber er schwieg nun.

«Hat die Polizei wegen Ihres Stromausfalls schon etwas herausgefunden?», fragte Mathilda.

Der Mann mit der Krawatte schüttelte den Kopf.

«Wegen des Einbruchs in unserem Atelier haben sie sich auch noch nicht gemeldet. Aber da das Café jetzt ohnehin geschlossen ist, werden wir alle Tore zum Kloster sicherheitshalber tagsüber auch geschlossen lassen. Darf ich euch bitten, jeweils hinter euch wieder abzuschließen?»

Alle nickten.

Die Besprechung wurde abrupt beendet, als Schwester Mathilda ans Telefon gerufen wurde. Bevor diese das Zimmer verließ, bedeutete sie Ramona im Sitzungszimmer zu warten.

Nach kurzer Zeit kam Mathilda mit einem Wäschekorb voller Kleidungsstücke zurück. Sie sah nachdenklich aus. Ohne etwas zu sagen, drückte sie Ramona den Korb in die Arme.

«Was ist mit dir?», fragte diese besorgt.

«Die Lebensmittelbehörde hat angerufen. Vielleicht ist doch etwas dran, an dem, was deine Mädchen erzählt haben.»

Ramona blickte die Schwester verständnislos an.

«Ich glaube, sie heißt Amelia. Sie erzählte mir schon vorgestern von ihrem Verdacht, dass Albert hinter all dem stecken könnte. Gestern hat sie mir die Flasche mit Salatsoße in seinem Abfallcontainer gezeigt.»

«Was hat das mit der Behörde zu tun?»

«Die Staphylokokken im Karottensalat stammten aus dieser Flasche. Die war sicher nicht von uns, da wir nicht in diesem Laden einkaufen.» Mathilda blickte etwas verloren auf den Boden. «Aber sag bitte den Kindern nichts davon. Albert war über all die Jahre ein so guter Mensch, ich möchte ihn nicht verleumden. Der Mann von der Behörde schaut nun, wie es mit den Ermittlungen weitergeht.»

Verwirrt verließ Ramona das Hauptgebäude.

Den Künstler zur Rede stellen

«Das darf doch nicht wahr sein!» Amelia stapfte wütend über den Vorplatz. «Dem werde ich es zeigen!»

Lina rannte ihrer Schwester hinterher. «Warte, sei doch vernünftig!»

«‹Vernünftig› bringt uns jetzt nicht weiter», schrie Amelia zurück. «Er ist schuld, dass wir hier nicht mehr reiten gehen können.» Ihre Augen funkelten in wilder Entschlossenheit.

Lina kannte diese Augen und wusste, dass sie ihre Schwester in diesem Zustand nicht umstimmen konnte.

Amelia hatte zufällig das Gespräch zwischen Ramona und Patrick mitgehört. Sie wollte ja nur kurz bei Selma vorbeischauen, da hörte sie, wie die beiden in der Scheune miteinander redeten.

Ramona legte den Sattel und das Zaumzeug für Tornado bereit, damit sie später Zeit hatte, den Kindern zu helfen.

Patrick lehnte sich gegen die Holzwand. «Was ist bei der Krisensitzung herausgekommen?»

«Es sieht schlecht aus. Das Kloster muss schließen. Sie suchen einen Käufer.»

«Das ist auch das Aus für den Pferdehof», sprach Patrick das Offensichtliche aus. «Schade, dann können wir ja gar nie mehr zusammenarbeiten!»

Ramona nickte. Ja, das war wirklich schade. «Und ich werde wohl doch die Stelle in der Stadt annehmen müssen. Es ist so merkwürdig, dass ich gestern Nacht noch das starke Gefühl hatte, dass mein Platz hier bei den Pferden sei.» Sie seufzte laut.

«Du hättest sehr gut hierher gepasst. Das tut mir

leid.»

Ramona erzählte ihm auch von der Flasche mit der verdorbenen Salatsoße im Container des Künstlers.

Außen beim Anbindeplatz war Amelia rot vor Wut geworden. Die Flasche im Abfall brachte bei ihr das Fass zum Überlaufen. Warum wollte der Künstler nur, dass hier alles dichtgemacht wurde? Warum trieb er das Kloster und auch den Pferdehof in den Ruin?

Amelia konnte ihrem Ärger nur Luft machen, wenn sie den Künstler zur Rede stellte. Jetzt musste sie es wissen.

Amelia riss die Holztür auf und rief bestimmt: «Herr Vogel!»

Werkzeuge schepperten auf einem Metalltisch, bevor der Künstler mit seinem wuscheligen Haar hinter einer verrenkten Skulptur hervortrat. «Was wollt ihr hier?», murrte er.

«Warum tun Sie das dem Kloster an?» Amelia steuerte direkt auf ihn zu und hatte dabei ihren Zeigefinger geradewegs auf ihn gerichtet.

Lina blieb in sicherer Entfernung stehen.

«Ich muss mich überhaupt nicht rechtfertigen. Ich muss tun, was ich tun muss.» Er wandte sich wieder der Skulptur zu.

«Wegen Ihnen muss auch der Pferdehof schließen! Wir können nicht mehr reiten kommen.»

«Der hätte ja ohnehin schließen müssen. Dass ich euch Kinder endgültig los bin, ist schon der ganze Aufwand wert.»

«Sie geben es also zu?»

«Ja», antwortete er, aber dann stutzte er. «Woher wisst ihr eigentlich davon? Es ist ja noch nicht offiziell.»

«Die Wahrheit kommt immer irgendwann ans Licht. Manchmal halt etwas früher. Wir haben Sie schon lange durchschaut.»

Lina sah, wie Amelia sich langsam beruhigte. Es half ihr wirklich, die Dinge direkt ansprechen zu können.

«Aber warum? Ich verstehe einfach nicht, warum Sie so etwas tun würden!» Amelia schüttelte den Kopf.

Herr Vogel wandte sich ihr zu. «In meiner Lage hättest du es auch getan.»

«Ganz sicher nicht!», protestierte sie. «Ich würde nicht andere Menschen ausrauben, schädigen, erschrecken und vergiften.»

Herr Vogel schaute sie mit einem entfremdeten Blick an. «Was redest du für einen Blödsinn?»

«Tun Sie nur nicht so scheinheilig! Jetzt haben Sie es doch gerade zugegeben. Wo haben Sie die Wertgegenstände aus dem Atelier versteckt?»

«Du spinnst wohl», rief Herr Vogel aus. «Ich soll *was* getan haben?»

Amelia wollte gerade zu einer erneuten verbalen Attacke ausholen, als Lina sie zurückhielt und für sie sprach: «Was genau haben Sie getan?»

«Ich habe die Werkstatt gekündigt», antwortete dieser.

Amelia verstand nicht ganz. «Sie sind also unzufrieden hier und haben sich nun der Reihe nach bei allen anderen gerächt?»

«Du solltest mal einen Psychiater aufsuchen, Mädchen. Du redest wirres Zeug.»

Lina bedeutete ihrer Schwester mit der Hand, dass sie nun besser schweigen sollte. «Warum haben Sie die Räume hier gekündigt?»

«Herr Lindenmann hat mir eine Werkstatt angeboten, die doppelt so groß ist wie diese hier und die auf der ganzen Länge Fenster hat. Und das zum gleichen Mietpreis! Da konnte ich doch nicht Nein sagen.» Seine Augen leuchteten, was Lina verstand. Die Werkstatt hier war wirklich sehr düster und eng.

«Wer ist Herr Lindenmann?»

«Er ist ein Geschäftsmann aus dem Dorf. Ihm gehören mehr als zehn Hotels auf der ganzen Welt. Vor einem Jahr wollte er das ganze Klosterareal kaufen und auch hier ein Hotel bauen – irgend so ein Luxustempel. Aber das durfte er damals nicht. So, wie es aussieht, will das Kloster nun doch mit ihm über den Verkauf des Areals verhandeln.»

Lina schaute Amelia an. «Lindenmann, Lindenmann … wo habe ich das schon mal gehört?»

Amelia zuckte mit den Schultern. «Mir sagt das nichts.»

«Ich hab's!», rief Lina aus. «Lindenmann stand auf dem Papier im Kellergang, unter dem sich die Ratte versteckt hatte. Was war dort sonst noch drauf?»

«Du weißt wieder Sachen. Für mich war das nur Altpapier.»

«Es waren Striche drauf. Das war sicher ein Bauplan vom Kloster. Dank dem Plan wusste der Eindringling, wie er an die Stromversorgung gelangen konnte!»

Herr Vogel schaute verwirrt von einem Mädchen zum anderen.

Plötzlich leuchteten Amelias Augen auf. «Jetzt ist mir alles klar! Dieser Lindenmann steckt also hinter den Störaktionen. Er will die Mieter vertreiben und der Klostergemeinschaft die Luft dünn machen.»

Herr Vogel blickte fragend zu Lina. «Wie meint ihr das?»

«Ihnen hat Herr Lindenmann als einzigem statt der Einschüchterungstaktik ein Zuckerchen gegeben», erklärte Lina. «Wenn er hier mit dem Luxushotel viel Geld verdient, spielt es für ihn wohl keine Rolle mehr, dass er Ihnen eine schöne Werkstatt zu einem günstigen Preis vermietet.»

«Oder er wartet nur, bis Sie hier ausgezogen sind, und dann schraubt er den Mietpreis massiv in die Höhe!», ergänzte Amelia und hob bedeutsam die Augenbrauen.

«Ach was, du fantasierst schon wieder. Dafür unterzeichnen wir heute Nachmittag einen Mietvertrag. Da schaue ich schon, dass es für mich stimmt.» Herr Vogel runzelte aber plötzlich die Stirn. «Aber warum habt ihr mich verdächtigt?»

Amelia musste nicht lange nachdenken. Sie war die Hinweise oft genug in Gedanken durchgegangen. «In Ihrem Abfallcontainer lagen die Beweismittel: die schwarzen Handschuhe, die Glasscherben, die Flasche mit der verdorbenen Salatsoße ...»

Von der Flasche hatte Herr Vogel noch nie etwas gehört. Die habe sicher nicht *er* da hineingeworfen. Aber die Handschuhe und Glasscherben waren von ihm. Er hatte vorige Woche an einer heiklen Glasskulptur gearbeitet. Sie wurde ein Misserfolg und zerbrach, bevor sie fertig war. Zum Glück waren nur die Handschuhe zerschnitten und nicht seine Hände.

«Und warum haben Sie uns drohend angeschaut, als wir aus den Räumen mit den Computerservern gekommen sind?», wollte Amelia wissen.

Er war davon ausgegangen, dass die Kinder für die nächtliche Ruhestörung verantwortlich waren. Er hatte an dem Abend gerade eine sehr kreative Phase, bis der Motorenlärm die heilige Stille durchbrach. Da war die ganze Schöpfungskraft verflogen.

Lina zupfte ihre Schwester plötzlich am Ärmel. «Wir müssen los. Die Reitstunde beginnt in einer halben Minute!»

«Auf Wiedersehen und viel Glück mit dem Mietvertrag heute Nachmittag.» Amelia winkte Herrn Vogel zu, während sie die Holztür schloss.

Sie eilten zum Paddock. Wenn's ums Reiten ging, wollten sie nicht zu spät kommen!

Ein mutiger Abstecher

Ramona verteilte bereits die Pferde, als Amelia und Lina beim Paddock ankamen.

Über die Tatsache, dass Amelia heute nicht Selma bekam, tröstete sie nur die Aussicht auf den bevorstehenden Reitausflug hinweg. Ramona hatte angekündigt, dass die sieben besten Reiterinnen und Reiter in einer Dreier- und einer Vierergruppe allein die «Waldrunde» machen durften. Eine Gruppe rechts und die andere links herum.

Da sie die Gruppen selber aufteilen konnten, machten sich die beiden Schwestern mit Manuel und Nico auf den Weg.

Lina und Amelia ritten schweigend voraus, die beiden Jungs hinterher. Alle schienen in Gedanken versunken zu sein.

Das Klappern der Hufe auf dem Steinweg und das gleichmäßige Surren eines entfernten Traktors waren die einzigen Geräusche, die zu hören waren.

Der Himmel war bewölkt, aber glücklicherweise regnete es nicht.

Nach einer Weile drehte sich Amelia im Sattel um und fragte die anderen: «Wollen wir traben?»

Die Jungs nickten.

«Wartet noch!», rief Lina und stoppte ihren Wallach, «meine Steigbügel sind zu weit unten. Ich muss sie richtig einstellen, sonst verliere ich sie beim Traben.»

Die anderen hielten ihre Pferde auch an.

«Hast du vergessen sie einzustellen?», fragte Manuel neckisch.

«Offensichtlich.» Sie schob ein Bein nach vorn und

zog am Riemen des Steigbügels. Auf diese Weise konnte sie ihn einstellen, ohne absteigen zu müssen. Sie stellte die Schnalle auf die richtige Länge ein und wiederholte die Prozedur auf der anderen Seite.

«Okay, traben wir!»

Die vier trieben die Pferde an.

Amelias Pferd bewegte sich schneller vorwärts als die anderen, sodass sie ihn ein wenig zurücknehmen musste, um auf der gleichen Höhe wie Lina bleiben zu können.

Nach ein paar Minuten parierten sie die Pferde durch und ritten im Schritt weiter.

Das Traben hatte eine lockernde Wirkung auf die Kinder, sodass sie wieder gesprächiger wurden.

Amelia und Lina erzählten den Jungs, was sie von Albert Vogel über Herrn Lindenmann erfahren hatten.

Da hob Manuel plötzlich die Hand. «Dort drüben hat er sein Büro.»

Amelia verstand nicht ganz.

Aber Manuel schob nach: «Dort am Haus hängt das Logo von Herrn Lindenmanns Firma. Kein Wunder will er das Kloster kaufen. Von da drüben muss es mächtig und idyllisch erscheinen!»

Tatsächlich, nun sah es Amelia auch. Sie zog abrupt am Zügel, sodass das Pferd widerwillig den Kopf in die Luft warf und schnaubend anhielt.

«Oh, tut mir leid, Falco!», sagte sie schuldbewusst und strich ihm über den dunkelbraunen Hals.

Ihre Gedanken wurden aber sofort wieder auf das Gebäude des Geschäftemachers gelenkt. Sie spürte, wie der Ärger in ihr aufstieg. «Dem werde ich einen Besuch abstatten! Er muss nicht meinen, ihm gehöre die ganze

Welt!» Sie schwang sich zielorientiert aus dem Sattel und warf die Steigbügel beidseitig über das Pferd, damit diese es nicht stören konnten.

Lina ließ resigniert den Kopf hängen. Nicht schon wieder! Die Folgen dieser wilden Entschlossenheit hatte sie schon heute Morgen miterleben müssen. «Amelia, jetzt sei doch vernünftig! Dabei kommt nichts Gutes heraus!»

«Wie oft muss ich es dir noch sagen: Vernünftig zu sein rettet keinen Pferdehof! Und diesmal ist der Fall nun wirklich glasklar!»

Die Pferde standen geduldig da und schauten in der Gegend herum. Nur Nicos Pferd fand Gefallen am frischen Gras und versuchte zu fressen.

Amelia sah ihre Schwester ungeduldig an. «Du kannst ja hier bleiben und mein Pferd halten.»

«Genau das werde ich machen. Ich will mich nicht noch einmal wegen deines Temperaments blamieren.» Sie stieg vom Pferd und schnappte sich die Zügel aus Amelias Hand.

Diese wandte sich Nico zu, der nun auch abgestiegen war. «Aber du hast sicher genug Mut, um einem rücksichtslosen Geschäftsmann die Stirn zu bieten, oder?»

Nico wand sich innerlich, aber als Amelia ihren herausfordernden Blick nicht von ihm wandte, kratzte das an seinem Stolz. «Also gut, ich komme mit.» Er drückte die Zügel Manuel in die Hand.

Amelia und Nico rannten über das offene Feld direkt auf das Gebäude mit der Aufschrift «Lindenmann Enterprise» zu.

Die anderen beiden schauten einander kopfschüttelnd an. Mittlerweile interessierten sich alle vier Pferde fürs saftige Gras und rissen es büschelweise ab.

Lina seufzte und dachte an die möglichen Folgen, die das Temperament ihrer Schwester haben könnte.

Plötzlich hörten sie ein Surren.

Patrick fuhr auf dem Fahrrad auf sie zu. «Was ist bei euch los? Gibt es ein Problem?»

Lina schaute über das Feld. Die beiden Ausreißer waren bereits nicht mehr zu sehen. «Amelia und Nico gehen sich gerade Schwierigkeiten einhandeln.»

Patrick kniff seine Augen zusammen. «Wie muss ich das verstehen?»

Sie erzählte ihm von dem Verdacht, dass Herr Lindenmann mit seinen Sabotageaktionen die Mieter und die Klostergemeinschaft vertreiben und dass Amelia ihn nun zur Rede stellen wolle.

Patrick warf die Hände in die Luft. Er ließ das Fahrrad ins Gras fallen und rannte ebenfalls über das Feld davon.

An der Eingangstür stand unter dem Logo der Lindenmann Enterprise «Bitte eintreten». Das Mädchen nahm das Schild etwas zu wörtlich und trat gleich durch das Empfangszimmer und die schöne Bürotür hindurch direkt an den hölzernen Sekretär, der massiv und mächtig in der Mitte des Büros von Herrn Lindenmann stand.

«Wir sind vom Pferdehof Klosterberg und wir haben gehört, dass Sie das Kloster kaufen wollen.» Sie kam direkt zur Sache. «Ihre Methoden gefallen uns nicht und wir wollen, dass Sie sofort damit aufhören.»

«... und dass Sie für alle Schäden aufkommen, damit das Kloster nicht schließen muss», ergänzte Nico.

Herr Lindenmann war ein älterer Herr in einem feinen Anzug. Er trug aber keine Krawatte und hatte den obersten Knopf seines Hemds offengelassen. Er blickte freundlich von einem zum anderen, ohne ein Wort zu sagen.

Der freundliche Blick irritierte Amelia. «Eh, also. Was sagen Sie dazu?»

«Erzählt doch bitte einmal der Reihe nach», sagte er in väterlichem Ton.

Amelia und Nico zählten alle Sabotageakte auf, die in den letzten Tagen im Kloster passiert waren.

«Ihr denkt nun, dass ich das alles gewesen bin?»

«Sie oder einer Ihrer Angestellten», verkündete Amelia selbstsicher.

«Wie kommt ihr darauf?»

Sie hob ihre Hand und zählte an den Fingern ab. «Erstens, weil Sie ein Motiv haben: Sie wollen das Land und die Häuser kaufen. Dazu muss aber zuerst das Kloster dichtmachen. Zweitens haben wir ein Papier mit dem Grundriss des Klosters gefunden, das Ihren Namen trägt. Drittens haben Sie Herrn Vogel zum gleichen Preis eine viel bessere Werkstatt angeboten.»

Herr Lindenmann hob bittend seine Hand, nun auch etwas sagen zu dürfen.

Aber in diesem Augenblick erschien Patrick im Türrahmen. «Entschuldigen Sie, dass die Kinder Sie belästigen.»

«Schon gut», antwortete der Mann und erhob sich

aus seinem Ledersessel. «Setzen Sie sich doch bitte hier um den Sitzungstisch. Die Geschichte interessiert mich. Ich bin froh, dass ihr gekommen seid.»

Patrick setzte sich mit verblüfftem Gesicht auf den dunkelbraunen Stuhl. Er hatte sich darauf vorbereitet gehabt, einen sehr reichen Mann vielmals um Entschuldigung für die ungezogenen Kinder bitten zu müssen.

Als Letzter setzte sich auch Herr Lindenmann an den Tisch. «Beim ersten Punkt hast du recht. Aus dem Kloster hätte ich sehr gern ein wunderschönes Landhotel gemacht. Seit meiner Kindheit haben die Gebäude da oben eine große Anziehungskraft auf mich. Als Junge war ich oft dort und ich hänge auch emotional an dieser Gegend hier.»

Die drei Besucher wagten nicht zu antworten.

«Aber ich kann euch versichern, dass ich nichts mit diesen Vorfällen zu tun habe. Ich bin ein ehrenwerter Geschäftsmann mit Prinzipien und Werten. Ich würde nie zu unlauteren Methoden greifen. Ich möchte lieber kein Hotel, als dass meine Firma oder mein Name in schlechten Ruf geraten.» Er stand auf und kam mit einem eingerahmten Zertifikat zurück an den Tisch. «Diese Auszeichnung habe ich vor einem halben Jahr erhalten. Ich wurde von der Gewerkschaft der Hotelangestellten zum Fair-Play-Partner des Jahres gewählt. Das hat mich natürlich gefreut.»

Er stellte den Bilderrahmen zurück an seinen Platz auf der Theke.

Amelia rutschte auf dem Stuhl hin und her. «Sagen wir mal, dass wir ihnen glauben. Dann stellt sich aber die Frage: Wer ist denn sonst unser Störenfried?»

Herr Lindenmann zuckte mit den Schultern. «Darauf weiß ich keine Antwort. Aber ich habe tatsächlich heute Morgen einen Anruf von der Klosterleitung erhalten und sie haben mich gefragt, ob ich immer noch am Kauf des Klosterareals interessiert sei. Ich bin froh, dass ich jetzt von euch erfahren habe, warum die da oben nun plötzlich doch verkaufen wollen. Ich werde umgehend dort anrufen. Ich möchte, dass zuerst diese merkwürdigen Vorfälle restlos aufgeklärt werden, bevor der Kauf weiter verhandelt wird.»

«Aber irgendwie haben Sie ja trotzdem Ihre Finger im Spiel», begann Amelia nochmals, was ihr einen bösen Blick von Patrick einbrachte. Aber das störte sie nicht. «Sie locken Herrn Vogel mit einem besseren Angebot vom Kloster weg. Er sagte, zu diesem Preis würde er sonst nirgends eine solch schöne Werkstatt finden.»

«Das hat er gesagt?», fragte Herr Lindenmann.

Amelia nickte.

«Er sagte euch, *ich* hätte ihm eine Werkstatt angeboten? Oder habt ihr euch das selbst zusammengereimt?» Er blickte sie ungläubig an.

«Ja, er war es auch, der uns von Ihren Plänen ein Hotel zu bauen, erzählt hat. Das war unmissverständlich.»

Herr Lindenmann kratzte sich am Kopf. «*Ich* habe ihm jedenfalls keine Werkstatt angeboten. Ich frage bei meinen Mitarbeitern nach, ob jemand etwas weiß.»

Patrick gab dem Geschäftsmann seine Handynummer, damit er ihn erreichen konnte, wenn noch Fragen auftauchten. Kurz darauf verließen sie das für einen zehnfachen Hotelbesitzer bescheidene Bürogebäude.

«Ich werde aus der ganzen Sache nicht schlau», gestand Nico, während sie zu dritt über die Wiese stapften.

«Das ist zu hoch für mich!»

Amelia verstand die Welt auch nicht mehr. Entweder hatte der reiche Geschäftsmann wirklich nichts damit zu tun oder er ist ein Oscar-verdächtiger Schauspieler, der sie alle mit seiner Freundlichkeit an der Nase herumführte. Was von beidem zutraf, würde sich noch zeigen.

Während die Gruppe der Anfänger nach dem Reiten eine Pause einlegte, rief Ramona Stefan Bauer an. Da das Kloster schließen musste, sagte sie widerwillig für die Stelle zu. Sie verabredeten sich für den nächsten Vormittag, um den Arbeitsvertrag zu unterschreiben.

Ramona seufzte, als sie sich wieder dem Reitplatz zuwandte.

Die Pferde standen am hohen Zaun in einer Reihe angebunden da.

Dieser Anblick löste in ihr normalerweise ein Glücksgefühl aus. Aber diesmal war es eher ein Gefühl von Abschied und Loslassen. Bereits am Sonntagabend würde für sie der kurze Traum von der täglichen Arbeit mit den Pferden vorbei sein.

Wegen der verlorenen Zeit mussten die vier Reiter die «Waldrunde» abbrechen und direkt zum Pferdehof Klosterberg zurückreiten.

Als die Pferde wieder im Paddock standen, war es Zeit für das Mittagessen. Lina und Manuel waren bereits zu den gedeckten Tischen vorausgegangen.

Als die beiden anderen auch fertig waren, schlug Amelia den Weg ein, der an der Werkstatt von Herrn Vogel vorbeiführte.

«Wohin gehst du? Die andern haben mit dem Essen bestimmt schon begonnen», rief Nico aus.

«Manchmal gibt es Dinge, die wichtiger sind als Essen», protestierte Amelia.

Bei der Werkstatt angekommen, hörten sie durch die offene Holztür, wie Herr Vogel wetterte.

Nico wollte daran vorbeigehen, aber Amelia hatte die Neugier mehr in die Nase gestochen als der Duft des Rinderbratens, der in der Luft lag.

Sie steuerte geradewegs auf die Tür zu. «Jetzt kommt ans Licht, ob Herr Lindenmann die Wahrheit gesagt hat.»

Herr Vogel war ganz aus dem Häuschen. Herr Lindenmann hatte persönlich angerufen. Niemand in seiner Firma wusste etwas von der neuen Werkstatt.

«Hier habe ich gekündigt und dort bekomme ich keine neue Werkstatt!», jammerte Herr Vogel.

«Aber Sie haben doch mit den Leuten von Herrn Lindenmann geredet. Das haben Sie sich doch nicht nur eingebildet, oder?», fragte Nico.

«Natürlich. Ich habe zwei Mal mit dem Angestellten von Herrn Lindenmann telefoniert und alles abgesprochen. Ich hätte mir seinen Namen aufschreiben sollen!» Herr Vogel sank verzweifelt auf einen runden Hocker.

«Haben Sie die Telefonnummer noch irgendwo?», fragte Amelia. «So wüssten wir wenigstens, von welchem Telefon in Herr Lindenmanns Bürogebäude Sie angerufen wurden.»

Herr Vogel führte sie zu einem mit Kuverts und Papierblättern übersäten Schreibtisch und räumte das Telefon frei. «Die Nummer müsste da drin gespeichert sein.»

Als Amelia und Nico kurz darauf zu den Tischen kamen, waren die anderen Kinder bereits am Essen.

Die Planwagenfahrt

«Heute Nachmittag werden wir mit den Planwagen ausfahren», verkündete Ramona nach dem Mittagessen.

Die Kinder jubelten.

«Jetzt brauche ich noch jemanden, der beim Anschirren der Pferde hilft.»

Viele Hände schnellten in die Höhe.

«Der Haken ist jedoch, dass diese Person auf den Nachtisch verzichten muss, weil wir bereits jetzt los müssen.»

Die Hände schnellten sofort wieder hinunter.

Nur Amelia ließ ihre Hand entschieden oben. Für sie gab es wirklich wichtigere Dinge als Essen. Beim Anspannen der Pferde zu helfen war bestimmt toll!

«Wir nehmen Marquis und Falco für den einen Wagen und Aida und Lewis für den zweiten», erklärte Ramona auf dem Weg zu den Ställen. «Aber weil nicht alle Kinder auf den beiden Planwagen Platz haben, dürfen abwechselnd immer zwei Kinder auf zwei separaten Pferden nebenher reiten. Für diese stehen schon Selma und Jonny bereit.»

Plötzlich durchbrach ein lauter Knall die ruhige Mittagsstimmung und unmittelbar danach folgte panisches Wiehern und Pferdegetrampel.

Welcher Dummkopf zündete Feuerwerkskörper bei den Pferden?

Ramona und Amelia rannten so schnell sie konnten zum Paddock. Doch was sie antrafen, hatten sie nicht erwartet.

Das Gatter zum Paddock stand weit offen und die

Pferde galoppierten in wilder Panik ins Freie hinaus.

Ramona reagierte schnell. Sie stürzte sich aufs Tor und schob es mit Amelias Hilfe zu, bevor die letzten drei Pferde das Weite suchten.

In diesem Moment sah Ramona jemanden hinter der Hecke verschwinden. Den kannte sie doch!

«Ramona!», rief Amelia.

Sie warf den Kopf herum und stellte erschrocken fest, dass die Pferde in Richtung Straße flohen. In Ramonas Kopf spielten sich in Sekundenschnelle alle möglichen Horrorszenarien ab. Die Rettung der Pferde war jetzt wichtiger, als den Übeltäter zu stellen.

«Amelia, hol Hilfe! Ich gehe den Pferden nach!»

Sie schnappte sich ein Halfter vom Zaun und rannte los.

Oh nein! Ein Auto fuhr auf sie zu und der Fahrer schien die galoppierende Gefahr nicht zu bemerken.

Die Angst schnürte Ramona die Kehle zu, aber obwohl sie die Pferde ohnehin nicht mehr stoppen konnte, rannte sie entschlossen den Pferden hinterher.

Erst als die ersten Pferde die Straße erreichten, reagierte das Auto. Mit quietschenden Reifen bremste der Fahrer und versuchte verzweifelt, den aufgeschreckten Pferden auszuweichen.

Ingrids Wallach Tornado stieg in die Luft und wieherte laut.

Das Auto kam zum Stillstand und Tornados Hufe landeten nur wenige Zentimeter vor der Motorhaube auf dem Boden.

Puh, das war gerade noch gut gegangen!

Die Pferde bewegten sich wild durcheinander und wussten nicht, was sie tun sollten.

Ramona entschied, sich auf Tornado zu konzentrierten, da er das Leitpferd der Herde war. Wenn sie ihn erst einmal beruhigt hatte, würden die anderen seinem Beispiel folgen.

Nachdem Amelia Patrick alarmiert hatte, rannte sie voller Angst zum Ort des Geschehens zurück. Sie wollte sich gar nicht vorstellen, was inzwischen passiert sein könnte!

Ihr fiel ein Stein vom Herzen, als sie sah, wie Ramona gerade erfolgreich ein Halfter um Tornados Kopf legte.

Ramona sprach mit ruhiger Stimme auf ihn ein und er schien sich dabei langsam zu beruhigen.

Amelia steuerte ebenfalls auf eines der Tiere zu. Sie drosselte ihr Tempo, damit das Pferd nicht noch mehr aufschreckte. Mit ausgestreckter Hand ging sie auf die bebende Stute zu und redete beruhigend auf sie ein.

Diese spitzte die Ohren. Das Weiße in ihren Augen deutete immer noch auf ihre Angst hin und ihre Muskeln waren stark angespannt, aber sie stand jetzt still da.

Patrick und die Kinder stießen dazu.

Jemand steckte Amelia ein Halfter zu und es gelang ihr, es der Stute anzulegen.

«Das ist gerade nochmal gut gegangen», sagte Ramona atemlos und führte Tornado von der Straße weg.

Der Autofahrer war ausgestiegen und fragte mit bleichem Gesicht über die Autotür hinweg, ob alles in Ordnung sei.

«Jetzt schon! Entschuldigen Sie vielmals. Ich hoffe, Ihnen geht es gut.» Ramona schaute den Autofahrer besorgt an. Ihre Knie zitterten auch.

«Außer dem Schrecken geht es. Ich geh dann mal. Auf Wiedersehen!»

Ramona wandte sich Patrick zu, als sie die Pferde zum Paddock zurückführten. «Jemand hat das Tor zum Paddock geöffnet und Feuerwerke gezündet! Ich habe gesehen, wer es war!»

«Wer denn?»

«Ich werde nicht schlau daraus.»

«Nun spuck es schon aus!»

«Es war der Mann, der Ingrid nach dem Unfall geholfen hat.»

Planwagen auf Abwegen

Bis die rätselhaften Vorfälle restlos aufgeklärt waren, beschlossen Ramona und Patrick vorsichtiger zu sein. Die Sicherheit der ihnen anvertrauten Kinder war ihnen wichtig.

Ramona stattete dem Klostergebäude einen Besuch ab, um die neuen Informationen über den Übeltäter an Schwester Mathilda weiterzugeben. Bei ihr liefen alle Fäden zusammen.

Aber Mathilda war erst gegen drei Uhr wieder da.

Ramona und Patrick beschlossen, sofort auf die Planwagenfahrt zu gehen, damit sie auch bald wieder zurück waren.

Da die Zeit drängte, half nun auch Lina mit, die Pferde an die Planwagen zu spannen.

Dann fuhr Ramona mit einem Gespann bis auf den Vorplatz des Klosters voraus, während Lina mit dem zweiten hinterher fuhr.

Amelia führte die beiden separaten Pferde.

Der kleine Konvoi hielt auf den Pflastersteinen an. Die Pferde nickten immer wieder mit dem Kopf auf und ab und jedes Mal klimperte das Geschirr. Sie wären am liebsten sofort losgelaufen.

«Amelia und Lina, könnt ihr die Pferde halten, bis alles bereit ist?»

Die beiden nickten freudig und ergriffen die Zügel der Gespanne.

Ramona ging in Richtung Innenhof davon und blickte sich um. Wo waren nur Patrick und die Kinder geblieben? Sie hatten doch abgemacht … Da erblickte sie die Kinderschar sitzend auf der Mauer. Patrick stand davor und erzählte eine Geschichte. Die Kinder hörten ihm gespannt zu.

Das konnte er wirklich gut, er würde bestimmt einmal ein guter Vater werden. Ramona stutzte. Wie war sie nun plötzlich auf diesen Gedanken gekommen?

Sie riss sich zusammen und wollte gerade die Hand heben, um Patrick und die Kinder herzuwinken, als sie jemanden über den Vorplatz des Klosters schlendern sah. Ramona schnappte nach Luft. Das war ja der Übeltäter, den sie kurz zuvor hinter der Hecke verschwinden gesehen hatte!

Wie konnte er es wagen! Er bewegte sich ganz natürlich auf den Eingang zu. Vermutlich meinte er, bei dem Vorfall mit den Pferden nicht gesehen worden zu sein.

Ramona dachte nicht lange nach und rief: «Hey, bleiben Sie stehen, ich muss mit Ihnen reden!»

Tom stoppte sofort. Er schaute erschrocken nach links und rechts und dann rannte er davon.

Ramona nahm die Verfolgung auf.

Der Flüchtende steuerte direkt auf die Planwagen zu.

«Haltet ihn auf!», rief Ramona den beiden Mädchen zu.

Aber Tom riss bereits die Zügel aus Amelias Hand und sprang auf den Kutschbock. Er spornte die Pferde mit viel zu lautem Rufen an.

Die beiden Zugtiere, die bereits ungeduldig auf den Spaziergang gewartet hatten, ließen sich das nicht zwei Mal sagen und setzten sich sofort in Bewegung.

Amelia versuchte die Pferde aufzuhalten, aber sie war machtlos gegen deren Kraft.

Falco und Marquis galoppierten über die kurvenreiche Einfahrt hinunter und verließen das Klosterareal.

Der Planwagen schlitterte hinterher.

Lina band ohne zu zögern das gesattelte Pferd los. «Amelia, nimm Selma, wir müssen ihn aufhalten!»

Die beiden stiegen hastig auf die zwei Pferde.

«Hü, Selma. Los, den holen wir uns!», rief Amelia aus und die Stute raste in vollem Galopp am Eisentor vorbei aus dem Klosterareal hinaus.

Ohne Planwagen waren sie bestimmt schneller und würden ihn bald einholen, schoss es Amelia durch den Kopf.

Ramona kletterte auf den übrig gebliebenen Planwagen und fuhr ihnen hinterher.

Amelia fixierte mit ihren Augen den rumpelnden Planwagen vor sich, während sich die Distanz zwischen ihnen stetig verringerte.

Der Planwagen bog von der Straße auf einen Kiesweg ein, der über das Feld zum Schießplatz führte. In der Kurve rutschten die Holzräder über die Steinchen und fanden erst im angrenzenden Gras wieder Halt.

Amelia wusste nicht, ob der Mann den Weg aussuchte oder ob die Pferde ihn selber wählten.

Nach vorn gebeugt galoppierte Lina ihr hinterher. Sie und das Pferd schwitzten; musste das denn gerade an einem so heißen Sommertag passieren?

Plötzlich hörte sie hinter sich Motorengeräusche. Nach Amelia und Lina bog auch ein Auto rasant auf den Kiesweg ein.

Amelia blickte zurück. Aber anstatt des erwarteten Autos von Patrick oder Ramona folgte ihnen ein schicker dunkler Audi. Sie stutzte. Den Fahrer kannte sie doch!

Gegen den Wind rief sie: «Lina, Herr Lindenmann verfolgt uns!»

Lina blickte auch zurück. «Was will der hier?»

«Keine Ahnung!» Hatte dieser Geschäftsmann ihnen also doch etwas vorgemacht und steckte mit dem Flüchtigen unter einer Decke?

Das Auto kam schnell näher.

Amelia hatte den Planwagen erreicht und lenkte ihr Lieblingspferd links auf das Gras, um das Pferdegespann zu überholen. Als sie sich auf der Höhe der Zugpferde befand, schrie sie: «Halten Sie sofort die Pferde an!»

Tom peitschte mit den Zügeln auf die Pferderücken und schrie ununterbrochen: «Hü! Hü!»

Die beiden inzwischen klitschnassen Pferde protestierten wiehernd.

Tom lenkte die Pferde vom Kiesweg auf den Rasen, wo sie dann immer näher auf Amelia zukamen. Anscheinend wollte Tom sie in die Büsche abdrängen, die weiter vorn den Weg säumten.

Amelia schaute hilfesuchend auf die andere Seite, um zu sehen, ob Lina auch aufholte. Aber statt Lina sah sie zu ihrem Erstaunen, wie das Auto von Herrn Lindenmann das Pferdegespann überholte. Wo war Lina? Hoffentlich war ihr nichts passiert! Amelia wagte es nicht bei dieser Geschwindigkeit und der immer näher kommenden Buschreihe zurückzublicken.

Als Herr Lindenmann die Tiere überholt hatte, verkleinerte er seinerseits den Abstand zwischen dem Auto und den Büschen.

Die beiden Pferde wichen noch mehr gegen Amelias Seite aus.

Ihr linkes Bein streifte die ersten Äste und sie spürte, wie das Pferd unruhig wurde. Sie hatte gelernt, dass die eigene Sicherheit immer vorgeht, deshalb zog sie die Zügel leicht an und Selma bremste ab.

Der Planwagen, gefolgt von Lina, rauschte an ihr vorbei.

Das Auto bremste die beiden Pferde immer mehr gegen die Büsche aus, bis Tom schließlich gezwungen war, den Wagen zu stoppen.

Sofort sprang er auf der anderen Seite vom Kutschbock herunter, stieß das im Weg stehende Pferd mit Lina grob zur Seite und rannte über die abfallende Wiese in Richtung Wald.

Ramona, die mit dem zweiten Planwagen in voller Fahrt heranfuhr, zog an den Zügeln und lenkte die Pferde vom Kieselweg auf das Feld.

Sie wurde dabei kräftig durchgeschüttelt und fast vom Kutschbock geworfen.

Bald hatte sie den Flüchtigen eingeholt und fuhr neben ihm her.

Er schaute sich um und als er sah, dass er gegen die Pferdestärken keine Chance hatte, bückte er sich noch im Rennen und hob einen großen Stein auf. Er zielte damit auf die ihn immer mehr bedrängenden Pferde.

Wütend ließ Ramona die Zügel los. Was hatte dieser Fiesling nur gegen die Tiere und gegen das Kloster? Sie sprang vom Kutschbock und warf sich mutig auf ihn, bevor er den Stein werfen konnte.

Dabei fielen die beiden zu Boden und ein stechender Schmerz fuhr Ramona durch das Handgelenk und die Hüfte.

Die Pferde galoppierten weiter und zogen den hüpfenden Wagen hinter sich her bis zum Waldrand.

Ramona drückte den Mann zu Boden, der sich aber heftig wehrte.

Zum Glück kamen ihr Amelia und Lina auf den Pferden zu Hilfe.

Als Tom vom Boden aus die großen Tiere direkt vor und hinter sich stehen sah, bewegte er sich nicht mehr.

Amelia tätschelte den Hals ihres Lieblingspferdes. «Das hast du gut gemacht, Selma.»

Kurz darauf kam auch Herr Lindenmann über die Grasbüschel hinzugerannt. Er zwängte sich zwischen den Pferden hindurch zu Tom. Er packte ihn und zog ihn vom Boden auf. «Bist du von Sinnen?», sagte er ihm bestimmt ins Gesicht.

Der junge Mann stand ganz verdattert da und sagte kein Wort.

«Das war sehr mutig von Ihnen», sagte Herr Lindenmann zu Ramona. «Hoffentlich haben Sie sich nicht verletzt.»

Lina und Amelia sahen, dass sie hier nicht mehr gebraucht wurden. Deshalb ritten sie dem führerlosen Planwagen hinterher.

Die Pferde waren mittlerweile am Waldrand stehen geblieben und traten ziellos in Kreisbewegungen auf der Stelle.

Herr Lindenmann zog Tom hinter sich her in Richtung Auto und Ramona folgte ihnen, da sie dort nach den anderen Pferden sehen musste.

Patrick war in seinem Auto gefolgt und hatte es am Wegrand abgestellt. Als er sah, wie Ramona mit bleichem Gesicht ihre Hand hielt, ging er besorgt auf sie zu. «Bist du verletzt?»

Sie schüttelte den Kopf, aber verzog zugleich unter Schmerzen den Mund.

Er nahm behutsam ihre Hand und untersuchte sie. Er drückte vorsichtig auf die Mittelhandknochen. «Tut das weh?»

Sie blickte zu ihm auf und als ihre Augen sich begegneten, machte ihr Herz einen Satz. *Was sollte dieses Gefühl?* «Nein, das tut nicht weh. Ich glaube, dass das Gelenk nur verstaucht ist. Das geht schon wieder vorbei.»

Herr Lindenmann kam auf sie zu, nachdem er Tom in sein Auto gesetzt hatte. «Ihr müsst tausendmal entschuldigen. Das ist mir alles äußerst peinlich.»

«Wieso müsste es Ihnen peinlich sein?», fragte Ramona verwirrt.

Herr Lindenmann blickte zu Boden. «Er ist mein Sohn.»

Patrick und Ramona schauten sich erstaunt an.

«Er ist psychisch krank und ist eigentlich in einer Anstalt zu Hause. Aber vor zwei Wochen ist er abgehauen.»

«Aber warum hat er das Kloster sabotiert und heute Mittag die Pferde mit Feuerwerkskörpern verjagt?», wollte Ramona wissen.

«Ich weiß es auch nicht …», begann Herr Lindenmann, als Tom aus dem Auto stieg und ihnen zurief:

«Das war ich doch gar nicht!»

«Ich habe Sie doch gesehen!», konterte Ramona.

Herr Lindenmann stellte sich Tom in den Weg, als er auf sie zukam.

«Aber alles andere war ich nicht!»

Patrick schaute ihn prüfend an. «Was anderes genau?»

«Alles was ihr mir vorwerft: Die gestohlen Gravuren, der Zwischenfall bei den Computern, der Sturz von Frau Bachtelmann ...» Tom schaute herausfordernd in die Runde.

Amelia fuhr in diesem Moment mit dem Planwagen vor, während Lina mit dem zweiten Pferd im Schlepptau den Kiesweg erreichte.

Lina band die Pferde am Planwagen fest und zog bei beiden Wagen die Bremsen an.

«Jetzt geht mir ein Licht auf», sagte Herr Lindenmann. «Hast du auch etwas mit einer neuen Werkstatt für Herrn Vogel zu tun, Tom?»

«Nein, sicher nicht! Ich habe doch keine Werkstatt.»

Plötzlich ertönte eine Melodie aus Toms Hosentasche. Irritiert griff er nach seinem Handy. «Tom Lindenmann?»

«Hallo, ich bin Amelia», antwortete die Stimme im Telefon. Amelia trat zur Runde der Erwachsenen hinzu.

«Woher hast du seine Handynummer?», fragte Ramona erstaunt.

Amelia hob bedeutungsvoll ihre Augenbrauen. «Von dieser Nummer aus wurde Herrn Vogel die neue Werkstatt angeboten. Er hat mir freundlicherweise die Telefonnummer gegeben.»

Herr Lindenmann sah enttäuscht zu seinem Sohn

hinüber. «Warum hast du das alles getan?»

Dieser blickte ihn mit Unverständnis in den Augen an. «Das habe ich doch für dich getan, Vater!»

«Ich verstehe nicht …»

«Meine Schwester und mein Bruder haben dich schon so oft stolz gemacht. Jetzt wollte ich dich auch einmal stolz machen!» Tom traten Tränen in die Augen, sodass er Amelia schon fast leidtat.

«Ich habe doch nur dafür gesorgt, dass du dein Hotel auf dem Kloster bauen kannst. Das ist doch dein größter Traum!» Tom schaute seinen Vater mit feuchten, aber leuchtenden Augen an. «Jetzt geht dein Traum endlich in Erfüllung. Sie haben gesagt, dass das Kloster zu verkaufen sei!»

Herr Lindenmann schluckte schwer.

«Warum freust du dich nicht, Papa?» Toms Blick wurde immer unruhiger. «Endlich habe ich dich stolz gemacht. Oder?»

Herr Lindenmann schüttelte wehmütig den Kopf. Was hatte er mit seinem Sohn schon für Nöte durchgestanden, aber so einen Mist hatte er bisher noch nie angestellt. «Nein, Tom. Was du getan hast, ist grundfalsch. Du solltest doch wissen, dass ich meine Geschäfte nie mit unlauteren Methoden machen würde.» Nun hatte auch der alte Mann Tränen in den Augen.

«Aber wenn dein Hotel gebaut ist, spielt das doch keine Rolle mehr. Dann bist du stolz auf mich. Bitte sag es, Papa.» Tom klammerte sich an den Ärmel seines Vaters.

«Ich werde aus dem Kloster kein Hotel bauen», sagte dieser bestimmt. «Im Gegenteil werde ich es für den Unterhalt der Gebäude finanziell unterstützen.»

Ramona hatte einen Kloß im Hals, aber sie musste es trotzdem wissen: «Sie haben vorhin Ingrids Sturz erwähnt. Haben Sie damit auch etwas zu tun?»

Tom brach nun ganz in Tränen aus. Während er schluchzte, verstand Ramona nur Bruchstücke, aber sie konnte es sich zusammenreimen: Dass Tornado stürzte, war kein Unfall. Da Ingrid jeden Freitag zur gleichen Zeit die gleiche Runde ritt, war es für Tom ein Leichtes, rechtzeitig eine Schnur über den Waldweg zu spannen. Ingrid und Tornado hatten sie nicht gesehen und waren wie geplant gestürzt. Aber als Tom sah, dass Ingrid für längere Zeit bewusstlos am Boden lag, merkte er, dass er zu weit gegangen war und kam ihr zu Hilfe.

Bevor Patrick vom Kloster losfuhr hatte er die Polizei alarmiert, die nun eintraf.

Tom zeigte ihnen das Versteck, wo er die gestohlenen Wertgegenstände aus dem Atelier hingebracht hatte. Dort fand die Polizei weitere Beweismittel, wie noch mehr alte Pläne von den Gebäuden auf dem Klostergelände, die er bei seinem Vater im Büro hatte mitlaufen lassen.

Die Beamten fragten Tom detailliert zu allen Vorfällen aus. Er erzählte, dass er bewusst versucht hatte, den Verdacht auf Albert Vogel zu lenken, indem er nach dem Vergiften des Karottensalats die Flasche in dessen Abfallcontainer geworfen hatte. Tom erzählte auch, dass er im Lüftungsschacht bei den Computerservern fast steckengeblieben wäre, als er sich nach der Sabotage an der Stromversorgung auf dem Rückweg befand. Aber er konnte sich dann doch aus eigener Kraft befreien. Die unheimlichen Geräusche in der Herberge hatte er ab einem Hitchcock-Film kopiert und mit einem portablen CD-Player abgespielt.

Die Ermittler fragten sich, ob Tom aufgrund seiner Krankheit überhaupt in der Lage war, das alles alleine durchzuziehen. Aber die aus der Klinik angeforderten Krankenakten zeigten, dass Tom nicht zurückgeblieben war. Er war in der Lage im Kopf sogar mehr zu leisten als viele andere. Aber aufgrund einer psychischen Störung konnte er diese Fähigkeiten nicht in geordnete Bahnen lenken. Er steigerte sich immer mehr in die Vorstellung hinein, dass er der Auserwählte war, um für seinen Vater die Klostergebäude zu ergattern. Die Konsequenzen blendete er dabei völlig aus.

Schwester Mathilda zählte die Schmucksachen und atmete erleichtert auf, als sie feststellte, dass noch alles da war. Sie nahm eine feine Halskette zur Hand, an der ein kleines Kreuz hing, und streckte sie Tom hin. «Hier. Ich schenke Ihnen diese Kreuzkette.»

Tom schaute sie verwirrt an.

«Ich schenke es Ihnen als Zeichen dafür, dass Sie weiterhin im Klostercafé willkommen sind. Wir möchten Ihnen die Hand zur Versöhnung entgegenstrecken. Das Kreuz erinnert uns daran, dass Gott sich mit uns versöhnen möchte. Darum wollen wir das untereinander auch machen.» Mathilda hielt das Kreuz Tom hin, bis er es an sich nahm und etwas von Entschuldigung stammelte.

Dann führten ihn zwei Polizisten ab.

Als Amelia und Lina zurück zum Kloster kamen, wollten Nico und Manuel ganz genau wissen, was passiert war.

Die beiden Mädchen erzählten es liebend gern.

«Ihr wart ja mega mutig!», sagte Nico anschließend anerkennend.

«Aber das nächste Mal kommen wir auch mit!», ergänzte Manuel.

Lina schlug vor, dass sie alle zusammen nach dem Camp hier auf dem Pferdehof Klosterberg Reitstunden nehmen könnten. «Wir könnten ja jeweils etwas früher herkommen und noch miteinander quatschen.»

«Oder wir könnten nach einem weiteren geheimen Eingang in die Klosterkatakomben suchen!», sagte Amelia.

Nico schlug ihr freundschaftlich auf die Schulter und grinste verschmitzt. «Ja, das machen wir!»

«Zuerst genießen wir jetzt aber noch das Camp und die Pferde», sagte Lina, «und wir müssen Ramona überreden hier auf dem Hof zu bleiben. Sonst kannst du das mit den Reitstunden vergessen.»

Da die Pferde sowieso noch ausgekühlt werden mussten, ging das Camp nach einer Trinkpause für die Pferde doch noch auf die Planwagenfahrt.

Herr Lindenmann fuhr als Erstes zu Ingrid ins Krankenhaus, um sich persönlich für die Untaten seines Sohnes zu entschuldigen. Er versprach ihr, dass er finanziell für den entstandenen Schaden aufkommen werde.

Als die Pferde etwas später wieder im Paddock standen und die Kinder für eine abkühlende Wasserschlacht in Richtung Klosterbrunnen davonrannten, blieb Ramona plötzlich wie angewurzelt stehen.

«Was hast du?», fragte Patrick.

«Wenn jetzt hier im Kloster wieder alles in Ordnung ist …»

«Ja, das Café darf auch wieder öffnen. Sie müssen einfach künftig abschließen, wenn kein Mitarbeiter anwesend ist», sagte Patrick.

«Dann muss ja der Pferdehof nun auch nicht schließen, oder?» Ramona schluckte leer.

Patrick blickte sie verwundert an. «Du sagst das, als ob es eine schlechte Nachricht wäre.»

«Ich …» Ramona wurde bleich. «Ich habe bei der anderen Arbeitsstelle schon zugesagt.»

Patrick legte tröstend seinen Arm um sie. «Das können wir sicher irgendwie regeln. Hast du den Vertrag schon unterschrieben?»

«Morgen früh muss ich vorbeigehen und unterzeichnen.»

«Wenn es für dich ein ‹Müssen› ist, werden sicher auch die dort froh sein, wenn sie dich nicht einstellen müssen. Die wollen doch auch lieber jemanden, der *gern* arbeiten kommt. Und solange nichts unterschrieben ist, ist das Absagen auch nicht so kompliziert.» Patrick ließ sie wieder los und blickte sie aufmunternd an.

«Dann heißt das, dass ich meine Traumstelle doch antreten darf?» Ramonas Augen begannen hoffnungsvoll zu leuchten.

«Ich würde jetzt mal davon ausgehen, ja.»

Ramona sprang vor Freude in die Luft. Sie konnte kaum glauben, was sich innerhalb der letzten Woche in ihrem Leben alles verändert hatte. Ihre Lebensziele waren nicht mehr dieselben, sie würde nun täglich mit Pferden zusammenarbeiten können … und sie hatte Patrick auf eine ganz andere Art kennengelernt.

Plötzlich zerplatzte ein Wasserballon neben den beiden auf dem Boden und ihre Beine wurden nass gespritzt.

Lachend kamen Amelia und Lina hinter dem Stall hervor und warfen einen zweiten, der wieder am Boden zersprang.

«Wofür war dein Freudensprung, Ramona?», fragte Amelia neugierig.

Ramona lachte verschmitzt. «Ich werde von jetzt an hier auf dem Pferdehof Klosterberg arbeiten!»

Amelia und Lina umarmten sich vor Freude, worüber sich die beiden Erwachsenen wunderten.

«Ziel Nummer zwei erreicht! Danke, Gott. Er hat unser Gebet doch gehört», rief Amelia aus und tanzte um die eigene Achse.

«Wie ist das zu verstehen?», fragte Ramona nun ebenfalls neugierig.

«Wir haben uns zum Ziel gesetzt, dass der Pferdehof gerettet werden muss. Und das konnte ja nur gehen, wenn du für Frau Bachtelmann einspringen würdest», antwortete Lina.

Und Amelia fügte hinzu: «Wir freuen uns schon darauf, wenn wir regelmäßig zu dir in die Reitstunden kommen dürfen!»

Ramona lachte erneut. «Was war das erste Ziel?»

«Na, dass das Kloster nicht schließen muss, sonst hätte ja der Pferdehof auch wegziehen müssen. Und jetzt haben wir noch ein drittes Ziel», sagte Amelia verschmitzt.

«Und das wäre?», wollte Patrick wissen.

«Das verraten wir nicht! Aber wir lassen euch jetzt wieder allein.» Die beiden Mädchen kicherten und rannten zurück zu den anderen Kindern am Klosterbrunnen, wo eine laute, aber fröhliche Wasserschlacht in vollem Gang war.

Patrick schaute Ramona mit einem Augenzwinkern an. «Ich glaube, da wollen ein paar Kinder nass werden. Kommst du auch?»

Sie nickte und rannte lachend Patrick hinterher. Sie freute sich auf viele weitere Abenteuer mit ihm hier auf dem Pferdehof Klosterberg.

ENDE

Pferdehof Klosterberg 1

David Hollenstein, Salome Perreten

Die gleiche Geschichte ist auch als Hörspiel erhältlich!

Schweizer Mundart
Ab 8 Jahren
Adonia Verlag
ISBN 978-3-03783-081-9

Die Reise zum König

Ruth Truttmann

Fantasy-Story

Das Waisenkind Eric ist in seinem Dorf unbeliebt. Als er von seinem Großvater kurz vor dessen Tod eine geheimnisvolle Karte mit dem Weg zur Stadt des Königs erhält, begibt er sich auf eine abenteuerliche Reise. Er wird angetrieben vom Versprechen des Königs, dass er bei ihm ein Ritter werden und am großen Fest dabei sein dürfe. Die stumme Ruwina begleitet ihn. Aber schon im nächsten Dorf merken sie, dass sie sich auf einer äußerst gefährlichen Reise befinden. Nur mit der Hilfe des jungen Ritters Edwin und mit der sonderbaren Ritterrüstung aus der königlichen Schmiede haben sie den Mut, sich den Hindernissen und Gefahren auf ihrer Reise zu stellen.

- **Buch**, ab 10 J.
- **Hörspiel-CD** in Schweizer Mundart, ab 8 J.

www.adonia.ch

Adonia